嘿，有趣的名人

[日]小川晶子 著　　[日]信实 绘

什陆 译

科学普及出版社
·北京·

图书在版编目（CIP）数据

嘿，有趣的名人 /（日）小川晶子著；（日）信实绘；
什陆译. -- 北京：科学普及出版社，2023.3
ISBN 978-7-110-10543-6

Ⅰ. ①嘿… Ⅱ. ①小… ②信… ③什… Ⅲ. ①儿童故事－图画故事－日本－现代 Ⅳ. ①I313.85

中国国家版本馆CIP数据核字(2023)第051335号

著作权合同登记号：01-2023-1177

Original Japanese title: SUGOI HITOHODO BUTTONDEITA! OTAKU IJINDEN
Copyright © 2021 Akiko Ogawa, Nobumi.
日文原版由Ascom,Inc.出版
本书简体中文版由Ascom,Inc.通过The English Agency (Japan)
和千太阳文化发展（北京）有限公司授权中国科学技术出版社有限公司出版，
未经许可不得以任何方式抄袭、复制或节录任何部分。

策划编辑	胡 怡
责任编辑	胡 怡
封面设计	黄 琳
版式设计	黄 琳
责任校对	邓雪梅
责任印制	马宇晨

出 版	科学普及出版社
发 行	中国科学技术出版社有限公司发行部
地 址	北京市海淀区中关村南大街16号
邮 编	100081
发行电话	010-62173865
传 真	010-62173081
网 址	http://www.cspbooks.com.cn

开 本	889mm×1194mm 1/24
字 数	135千字
印 张	6.5
版 次	2023年3月第1版
印 次	2023年3月第1次印刷
印 刷	北京世纪恒宇印刷有限公司
书 号	ISBN 978-7-110-10543-6 / Ⅰ·658
定 价	89.00元

（凡购买本社图书，如有缺页、倒页、脱页者，本社发行部负责调换）

前言

你好！我是本书的作者小川晶子。我平日里非常喜欢读书，在阅读了一系列传记类图书之后，我注意到，改变世界的名人们在孩童时期，往往对某件事情特别感兴趣，而忽视了周围的世界。就算和他们搭话，你也不一定能得到他们的回应。所以，他们常常会被认为是性格古怪的孩子。

不过，正是因为这份喜欢，他们的脑海中才会源源不断地冒出各种想法，并为了实现这些想法而努力。即便是失败了，他们也不会因此而放弃。这使得他们在后来成为影响世界的人。

我在"孵蛋"！

　　这本书讲述了有关名人的许多小趣闻。当你发现你能理解某个名人的想法并与他产生共鸣时，说明你们有着相似的地方，如果你努力的话，说不定未来就能成为像他一样的人呢！

　　其实，在这个世界上，我们每个人都是最特别的存在，相信你也有自己喜欢做的事情，也常常会因为沉浸其中而忘记了时间。

　　所以，希望你以这些名人为榜样，相信自己，勇敢地追求自己所热爱的事物吧！

连鲸鱼都无能为力……

你知道吗？
名人们在孩童时期，
其实都很热衷于
做某件事。

"迷"指的是一个人喜欢、热衷于做某件事。

你是什么"迷"？足球迷？历史迷？嗯，或者是学习迷？我是恐龙迷，我知道许多恐龙的名字和它们的生活习性！不仅如此，我还很擅长画画，所以我经常能听到别人说我是个"画画迷"。

因为喜欢，所以努力

正是因为喜欢，我才会想要学习更多的知识，想要画得更好！

"喜欢"的力量可真强大！

各种各样的"迷"

昆虫迷　　宇宙迷　　时尚迷　　游戏迷

运动迷　　历史迷　　交通工具迷

你是什么"迷"？

"实验迷"爱迪生

发明出了电灯和留声机的爱迪生,被人们誉为"发明大王"!

爱迪生的发明使人类的生活变得更加方便和有趣。孩童时期的爱迪生喜欢做各种实验,是一名实打实的"实验迷"。听说,小时候的爱迪生认为鸟会飞是因为鸟以蚯蚓为食,于是他和朋友一起喝下了蚯蚓饮料。

结果,他们不但没有飞起来,还被他们的家长狠狠地批评了一顿。不过,爱迪生的妈妈十分支持儿子做实验,并为他加油打气。如果爱迪生当时不被允许做实验的话,这个世界上可能就没有伟大的"发明大王"了。

像鸟一样吃下蚯蚓,我也能飞上天吧!

名人"迷"一样的孩童时期

有许多的名人,在孩童时期都是"某某迷"。他们常常从早到晚,甚至在梦里也都想着同一件事情。他们沉浸其中而忽视了周围。

但是,这份"喜欢"和"热衷"很有可能是可以改变世界的!

实验迷 爱迪生
因为想要飞上天,他喝下了用蚯蚓制成的"飞天药"!

即兴演奏迷 贝多芬
他喜欢现场作曲,即兴地弹奏钢琴!

蘑菇迷 法布尔
他喜欢研究蘑菇,曾通过蘑菇上的昆虫咬痕给昆虫分类!

开玩笑迷 马克·吐温
他曾故意装作被催眠的样子,把别人吓了一大跳!

辩论迷 伽利略
他十分喜欢和别人讨论问题,因此获得了"辩论家"的称号!

漫画迷 手冢治虫

这个喜欢看漫画的少年尝试着自己创作漫画，最后成了"漫画大王"！

喜剧迷 卓别林

他那滑稽的表情和动作常常引得大家捧腹大笑！

图纸迷 莱特兄弟

他们喜欢绘制图纸，在他们看来，图纸和他们的生命一样重要！

诗歌迷 歌德

他用美妙的语言写出了风靡全球的《少年维特之烦恼》！

未来的你也可能成为名人！

"喜欢"可以创造未来

如今,人工智能技术(AI)备受瞩目。不久之后,机器人或许就能代替人类去做各种各样的工作了。那时候的你,要怎样才能体现自己的价值呢?

那你就寻找一件自己喜欢做的事情吧!

沉浸在自己喜欢做的事情里,你的大脑会不断地冒出新的想法来,并且你会为了实现这些想法而付出努力。这样的想象力和付诸行动的能力,是机器人所没有的。

想要改变世界!

我没有失败，我只是发现了一万种行不通的方法。

名言！

而且，一旦有了喜欢做的事，你的内心也会变得强大。即使失败多次，你也不会在意。爱迪生曾经说过："我没有失败，我只是发现了一万种行不通的方法。"因为喜欢做这件事，所以他并不会在意失败。这么一想，爱迪生可真是厉害呢！

那么接下来，就让我们一起去看看名人们超有趣的童年吧！

我也在名人们的画像中哦！

快来寻找未来的可能吧！

目录

01 理论迷
爱因斯坦 2

02 开玩笑迷
马克·吐温 6

03 实验迷
爱迪生 10

04 科技迷
史蒂夫·乔布斯 16

05 绘画迷
毕加索 22

06 诗歌迷
歌德 26

07 辩论迷
伽利略 30

小总结
找到喜欢做的事 36

08 植物迷
牧野富太郎 38

09 学习迷
玛丽·居里 42

10	漫画迷 手冢治虫	46
11	喜剧迷 卓别林	52
12	自然迷 达·芬奇	56
13	故事迷 蒙哥马利	60
14	蘑菇迷 法布尔	64
15	抄书迷 南方熊楠	70

小总结
未来的名人们 …… 74

16	引擎迷 本田宗一郎	76
17	数学迷 帕斯卡	82
18	昆虫迷 达尔文	86
19	即兴演奏迷 贝多芬	90

20	发明迷 贝尔		96
21	玩偶迷 安徒生		100
22	图纸迷 莱特兄弟		104
23	装扮迷 英格丽·褒曼		110
24	制作迷 牛顿		114
25	捕猎迷 亚历山大·弗莱明		120
26	贝壳迷 爱德华·摩斯		124
27	结构迷 瓦特		128

小总结

有关书中名人的小问题 ……………………………… 134

结束语 ……………………………………………… 136

- 本书中的小故事存在多种说法。
- 本书中的语言不完全是名人实际说过的话，也包含说明性文字。

让我们开始阅读吧

名人们的孩童时期

让我们一起穿越到名人的孩童时期，
看看那时的他们都热衷于做些什么吧。

理论迷

01

爱因斯坦

爱因斯坦是一位伟大的物理学家，是现代物理学的开创者和奠基人，他提出了著名的相对论。

爱因斯坦在4岁时才学会说话。儿时的他沉默寡言，被人们称作"无聊的小孩"。

然而，这个内向的孩子却对自然界的各种现象充满了好奇。他经常会思考诸如星星是如何移动的，为什么水有时会变成水蒸气而有时又会结成冰等问题。

水烧到100 ℃时会变成水蒸气……

阿尔伯特·爱因斯坦（美国）
1879-03-14～1955-04-18

理论迷　爱因斯坦

爱因斯坦在5岁的时候，看到了无论在哪里都可以指示方向的指南针，他忍不住感叹："指南针真是太厉害了！"

爱因斯坦心想：指南针无论是在箱子里，还是在角落里，指针都能准确地指出南和北的方向。人们制造指南针一定利用了某种原理，我想发现更多这样的原理！

9岁时的爱因斯坦则热衷于研究勾股定理，这种定理揭示了直角三角形的三条边的长度之间的关系。虽然爱因斯坦一开始毫无头绪，但在明白了其中的关系后，他十分兴奋。

爱因斯坦喜欢绘制图形、计算边长，常常忙到深夜。**令人意外的是，他竟然发现了一种新的证明勾股定理的方法！**

到了16岁，爱因斯坦热衷于购买并收集《空想科学读本》。这类书以科学知识为基础，引导读者在脑海中尽情想象！

勾股定理：直角三角形的两条直角边的平方和等于斜边的平方。

勾股定理

$$a^2 + b^2 = c^2$$

光是一种波，还是粒子？

理论迷　爱因斯坦

爱因斯坦最喜欢读的一本书是《为了大家的自然科学》，这本书讲述了关于电流的相关知识。

"光在1秒钟里能绕地球7圈半。光的速度究竟有多快？光会是什么样子？是光波？还是粒子？"

爱因斯坦经过不懈的研究，最终得出了"光同时具有波动性和粒子性"的结论。**爱因斯坦还提出了相对论，这是一项打破常规的理论。**诸多科学家以此为基础，解开了宇宙的许多奥秘。

光速是每秒30万千米！

爱因斯坦　名人名言

我没有什么特别的才能，只不过喜欢寻根刨底地研究问题罢了。

开玩笑迷 02

马克·吐温

马克·吐温（笔名）的代表作《汤姆·索亚历险记》深受全世界的孩子喜欢。他能开启这场文学冒险的关键，竟然是在孩童时期养成的爱开玩笑的性格！

儿时的马克·吐温十分调皮。

"啊——"他的姨母突然大叫起来。从箱子里冒出来的蛇把姨母吓得不轻。这是淘气的马克·吐温故意放的。他从路上捉到一条蛇，便将它放进了箱子中，然后焦急地等待着盖子被打开的那一瞬间。这件事之

激动不已

我要跟姨母开个玩笑。

姨母绝对会生气的！

塞缪尔·朗赫恩·克莱门斯（美国）
1835-11-30 ~ 1910-04-21

开玩笑迷 马克·吐温

后，马克·吐温被家人狠狠地训了一顿。因为很多蛇都是有毒的，马克·吐温的这种行为实在是太危险了。

大人们本以为马克·吐温会随着年龄的增长而变得稳重起来，可没想到他反而变本加厉。

14岁那年，马克·吐温观看了一场催眠术表演。明明面前空无一物，被催眠的人却突然大叫着"有蛇"并四处乱窜。观众对此半信半疑。

催眠师选择了马克·吐温作为催眠对象。催眠师一言不发，举起手来，似乎在暗示着什么。

蛇从箱子里冒了出来！

"为什么一点变化都没有？"马克·吐温有些急躁，于是他假装成功被催眠，开始了自己的"表演"。

接下来，马克·吐温突然在会场乱跑起来，大家都惊讶地看着他。只见马克·吐温一把抓起了玩具手枪，在会场里追着曾经欺负他的孩子跑。马克·吐温那逼真的演

开玩笑迷　马克·吐温

几年后……

你真淘气！

马克·吐温　名人名言

人类有一件真正有力的武器，那就是笑。

技，让人信以为真："催眠术是真的！"

不过，村里的老人并不相信。见此情形，马克·吐温闭上双眼，喃喃道："是火苗，我看见了火苗……"马克·吐温那惊恐的样子，像极了十几年前老人们经历的那场火灾中的场景，好像真的有催眠术一样。

但在那之后，马克·吐温因为欺骗了大家而感到苦恼，终究他还是告诉了母亲实情。"原来是这样啊！"母亲觉得她的儿子太爱开玩笑了。

后来，他创作了《汤姆·索亚历险记》，书中的主人公汤姆是一个10岁的孩子，他和好友哈克贝利一起踏上了冒险的旅程。他们聪明又调皮，形象十分生动。书中幽默的语言也成为马克·吐温作品的独特风格。

实验迷 03

爱迪生

爱迪生是有着 1300 多项发明的"发明大王"。孩童时期的爱迪生便酷爱做各种实验。

爱迪生从小就有很强的好奇心，如果不去动手做他想做的事情，他就会坐立不安。"为什么要这么做？"每当周围的人问他的时候，他总是回答："这是实验，我在做实验。"

"妈妈，鹅为什么要坐在自己的蛋上啊？"

我在"孵蛋"！

托马斯·阿尔瓦·爱迪生（美国）
1847-02-11 ~ 1931-10-18

实验迷　爱迪生

"它在孵化自己的宝宝哦!"

听完母亲的回答后,爱迪生飞速跑到邻居家的畜舍,抱着禽蛋,缩成一团。邻居见状,便问道:"你在做什么?"爱迪生回答:"我在孵蛋!"听到这个回答后,邻居捧腹大笑。

爱迪生回到家后,告诉了母亲这次"孵蛋"失败的经历。母亲说:"你虽然失败了,但是你的想法很不错!无论什么事情,你都要试一试才知道结果。"

爱迪生也经常因为做了荒唐的实验而被严厉地训斥。有一次,爱迪生制成了一种

你要勇敢地去尝试!

最理解爱迪生的是他的母亲。爱迪生的母亲在他 10 岁的时候,送给了他一本叫《自然与实验哲学》的书,鼓励爱迪生去做实验。

叫作"飞天药"的神秘液体，并送给了附近的孩子们。

"飞天药"到底是什么呢？**它是用捣碎了的蚯蚓加水而制成的液体。**

这样一来，我就能飞上天空了！

听起来有点糟糕！

我是不是就能飞起来了呢？

之后 →

实验迷　爱迪生

　　爱迪生告诉大家鸟儿以蚯蚓为食，所以才能飞上天空。听信了爱迪生话的孩子，刚喝下一口"飞天药"就连忙吐了出来，爱迪生则是被狠狠训了一顿。

　　爱迪生并没有因此放弃，他有了新的想法："如果我们的腹中吸进一些轻盈的气体，那我们就能飞上天空了。"于是，他又用发酵粉制成了"飞天药"，并让朋友吃了下去。朋友也因此而感到身体不适，去了医院。母亲训斥爱迪生并警告他："不能再用人做实验！"

　　7岁那年，刚上小学的爱迪生不到3个月便退学回家了。原因是当老师讲到"1+1=2"的时候，爱迪生却说："两块黏土能变成一块大的黏土。"老师因此很生气。于是，母亲只能亲自在家教爱迪生学习。

爱迪生偶尔做得过分了，也会挨训。

爱迪生的实验并没有因此而结束。他总会去找鸟羽、植物的果实作为研究材料，并且几乎把零用钱都用在了买实验材料上。由于东西太多，爱迪生的房间总是乱糟糟的。

天才之路充满了危险……

禁止在火车中做实验！

实验迷　爱迪生

尽管如此，理解爱迪生的母亲，还为他修建了一座地下实验室。

爱迪生需要更多的钱买实验材料和道具。于是，12岁的时候，他找到了一份在火车上卖报纸的工作。火车上的杂物间便成了他的实验室。

一次，由于火车的摇晃，爱迪生的实验材料掉落在地而引发了火灾，这是极其危险的。大人们被熊熊烈火吓得飞奔而来。大人们总算灭了火，这件事之后，大人们禁止爱迪生继续在火车上做实验。

"我要发明出亮得更久的电灯泡来！"长大后的爱迪生说。

从孩童时期就已经是实验迷的爱迪生，为了制造灯丝，收集了铁、金、白金、碳等1000多种材料。在经过了上百次、上千次的反复试验后，爱迪生发明出了"长久不灭"的电灯，照亮了人们的生活。

此外，随着爱迪生的新发明相继问世，比如电风扇、烤面包机、熨斗、留声机等，他也被人们赋予了"魔法师"的称号。即便经历了无数次的失败，爱迪生从不退缩，坚持实验，最终得以成功。

灯丝是灯泡中的细丝。灯丝一通电就会发光，但温度一高它就断了，大家都为此感到烦恼。

爱迪生　名人名言

成功等于百分之九十九的汗水加上百分之一的灵感。

科技迷 04

史蒂夫·乔布斯

史蒂夫·乔布斯创建了苹果公司,推出了众多风靡全球的电子产品,是一位改变世界的天才企业家!

孩童时期的乔布斯总是想法奇特,他会把宠物带到教室,或者在学校里燃放烟花。学校老师曾多次劝他退学回家,但他并不接受。他总是说:"上课内容太简单了,好无聊!"乔布斯四年级时的班主任——特迪老师注意到了这个孩子。

史蒂夫·乔布斯(美国)
1955-02-24 ~ 2011-10-05

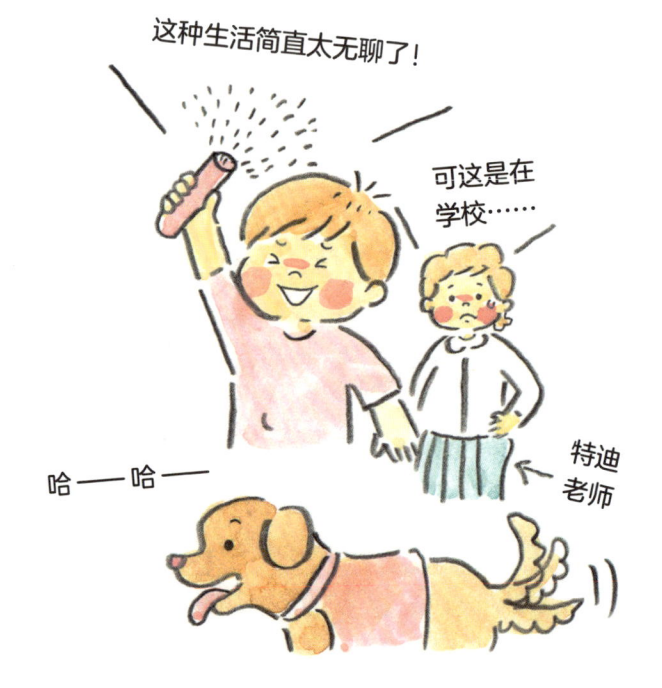

这种生活简直太无聊了!

可这是在学校……

特迪老师

哈——哈——

科技迷　史蒂夫·乔布斯

特迪老师认为乔布斯是个聪慧的孩子且有独特的个性。"如果你能认真地完成作业，我就给你一个好东西。""肯定是什么没用的东西吧？""我要给你的是一套能够制造录音机的材料！""我想要！我想要！"特迪老师准备了乔布斯喜欢的物品，想要借此来激发他的才能。

乔布斯从小就喜欢研究电子设备，以特迪老师的奖励为契机，乔布斯开始制造各种电子设备，比如相机和业余无线电装备。乔布斯每天都会盯着图纸，用烙铁把零件焊接起来，然后再接通电流。"太好了，动起来了！"成功的瞬间带给人的快感简直无与伦比！乔布斯感觉自己什么都能制作出来，他甚至在房间里安装上了扩音器。

乔布斯在他16岁那年，遇到了与他兴趣相投的沃兹。他们开心地向对方讲述自己过去的"英雄事迹"。

科技迷　史蒂夫·乔布斯

"我制作了电子节拍器，它却发出了类似于定时炸弹的声音，我把电子节拍器放在了学校的走廊里。""老师们都害怕极了吧？""何止是害怕，他们把警察都叫来了！"

二人越聊越投机，便谋划起新的事情来。一次，他们和同学一起看电视。沃兹的

嘀 嘀 嘀

住手！

我看见了！

口袋里放着事先准备好的干扰电波的机器，他一按下按钮，电视就收不到信号了，同学只能站起来，调整电视天线。这个时候，沃兹再按下关闭的按钮，电视便收到了信号。"修好了"，当同学刚回到座位上，沃兹又按下了启动的按钮。反复几次，乔布斯和沃兹成功地让这名同学认为，如果不扶着电视的天线就没办法看电视。

我正在免费打电话！

啊？

科技迷　史蒂夫·乔布斯

史蒂夫·乔布斯　名人名言

如果今天是我人生中的最后一天，我现在所做的事情是否是我想做的呢？

之后，他们开始了新的尝试。这个契机是他们看到了杂志上刊载的"无论在何时何地都能免费打电话的机器"，这是一种可以破解当时的电话系统的机器。二人对此原理充满了探索欲。

"我们试着做一做吧！"

这台机器虽然是他们迄今为止做过的最难的设备，但乔布斯和沃兹二人还是合力做了出来。

这一次尝试，让他们明白只有拥有好的想法和技术，才能真正地影响世界，为人们带来幸福。

5 年后，乔布斯和他的好朋友沃兹共同创立了苹果公司。

绘画迷 05

毕加索

> 毕加索是 20 世纪最伟大的画家之一,代表作品有《格尔尼卡》《和平鸽》等。

毕加索从小就喜欢画画。

"爸爸,你又在画鸽子吗?""没错,我接了一个来自餐厅的壁画订单。"

毕加索的父亲是画家兼美术老师,他是个不折不扣的鸽子迷,经常画鸽子。他常说:"我最喜欢和平的象征——优雅且自由的鸽子了!"

受父亲的影响,毕加索也很喜欢鸽子。==他热衷于画鸽子那美丽的曲==

巴勃罗·毕加索(西班牙)
1881-10-25 ~ 1973-04-08

和平的象征

绘画迷 毕加索

线、轻盈的羽毛。"我也想成为像父亲那样的画家！"毕加索十分尊敬他的父亲。

一天，毕加索带着写生簿来到了斗牛场。看着公牛和人类决斗的场景，毕加索紧握着画笔的手心冒出了汗。他注视着公牛的一举一动，十分兴奋。于是，他画下了斗牛士与公牛搏斗的场景，并许下了想成为斗牛士的心愿。

因为沉迷于斗牛，所以毕加索在作画时，周围也笼罩着斗牛场的气氛。他坐在白色画布前，却营造出了人置身于斗牛场，与公牛面对面对峙时的紧张氛围。"就是现

艰难的斗争！

这和画鸽子完全不一样……

在！在这里！"毕加索在作画时就像斗牛士一样，注意力无比集中。大概从这个时候开始，毕加索的画中充满了力度和神韵。

放学后，毕加索便总是待在父亲的房间里画画。母亲有点担心他："你应该去和朋友们出去玩一会儿。"小小的毕加索却说："我可没有出去玩耍的时间！"毕加索在8岁的时候完成了他的第一件油画作品——《斗牛士》。

绘画迷　毕加索

格尔尼卡是1937年因战争被夷为平地的西班牙城市。当年，毕加索的巨幅油画《格尔尼卡》被陈列在巴黎世博会的"西班牙馆"，引发了轰动。

毕加索　名人名言

每个孩子都是天生的艺术家，问题是怎样在他长大之后仍然保持这种天赋。

画中的斗牛士是个身着华丽服装，骑着马的男子。这幅画的笔触大胆奔放，构图充满魄力，这让毕加索的父亲目瞪口呆："这孩子比我更有天赋！"毕加索的父亲看到的不只是作品画得好不好，还有作品中的灵魂。"我输了……你把这些全都用去画画吧。"说完，父亲将自己的绘画用具都交给了毕加索。

不过，毕加索的父亲对鸽子的喜爱依旧。鸽子与公牛，和平与斗争，都是对立的关系。这成了毕加索一生的绘画主题。他既热爱和平，又追求自由。

《格尔尼卡》是毕加索最有名的作品之一。这是一幅反对战争的巨幅油画，画上也绘有鸽子（鸟类）和牛。毕加索从孩童时期就在绘制的主题，最终变成了震撼人心的艺术作品。

诗歌迷 06

歌德

歌德著有《少年维特之烦恼》《浮士德》等作品,是德国的代表作家之一,他从小就喜欢诗歌。

歌德从小就喜欢作诗。在他看来,诗歌不仅有着自身的韵律,也有着美妙的意境。对于喜欢文字和故事的歌德来说,想要作诗是再正常不过的了。

光芒闪耀祝幸福!

约翰·沃尔夫冈·冯·歌德(德国)
1749-08-28~1832-03-22

诗歌迷　歌德

歌德 7 岁那年，他为祖父母写了一首诗歌。

祖父母听完歌德的诗后，流下了感动的泪水。

"文字真的好有趣啊！"**在歌德看来，自己就像是在和文字玩耍。**他会把可用于写诗的文字记录下来，积累素材。此外，歌德还有着极高的语言天赋，通晓多国语言。

"爱"用德语说是"Lieben"，
用英语说是"Love"，
用意大利语说是"Amore"。

好厉害！

歌德是一位边玩边学的语言大师！

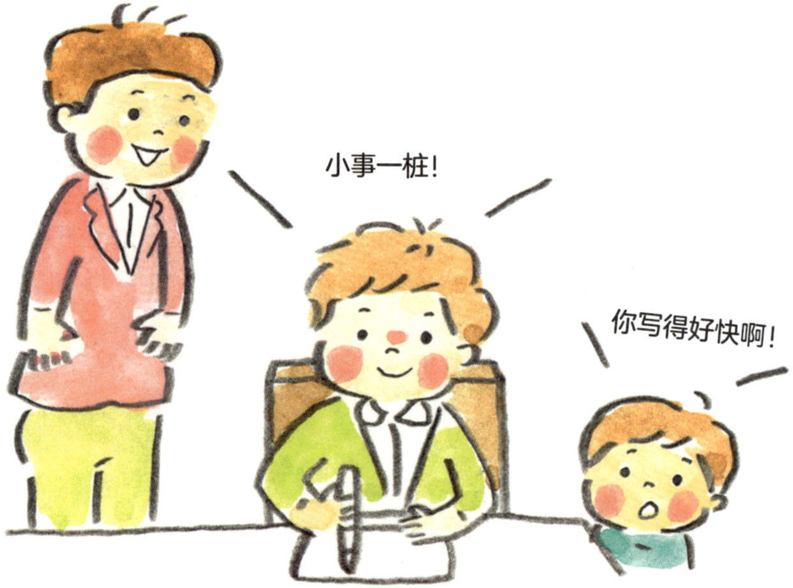
小事一桩！
你写得好快啊！

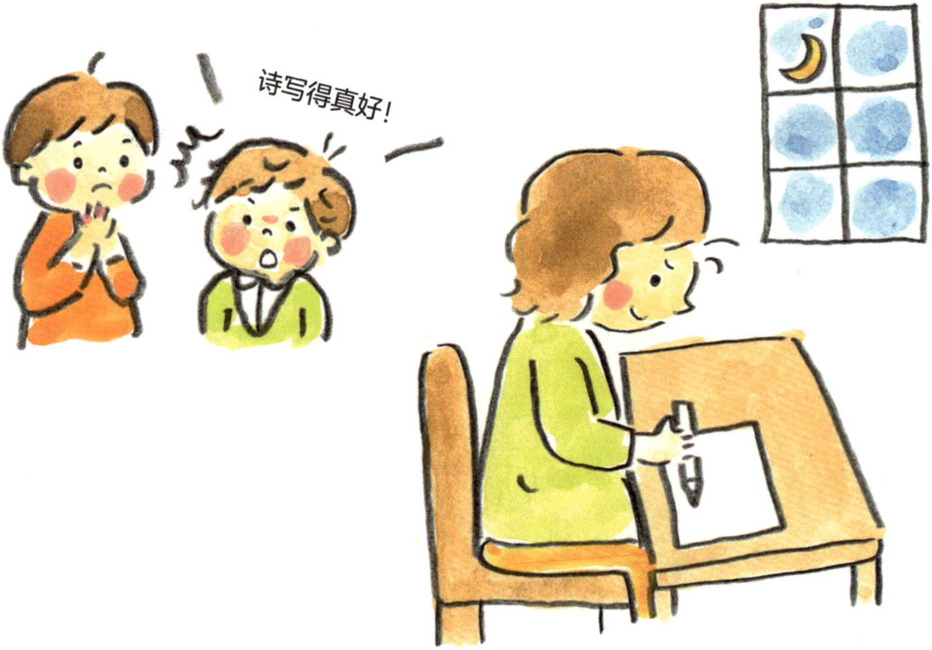
诗写得真好！

诗歌迷　歌德

14岁的时候,歌德的诗被朋友们互相传阅。一天,歌德的朋友普拉德斯带来了一位少年,普拉德斯对歌德说:"他不相信你有写诗的才华。"普拉德斯深信歌德的才华,于是建议这个少年出一个题目考考歌德。这个少年想了会说:"那你就现场写一首给朋友的诗吧。"

歌德坐在长椅上思考了片刻后,写下了一首诗。看完歌德写下的诗歌后,少年佩服地说:"好吧,你的诗写得确实很好。"

普拉德斯欣喜若狂,后来更是逢人便夸赞歌德的诗歌。

成年后的歌德写成了《少年维特之烦恼》一书,这本书十分畅销,风靡全球。歌德在儿时写下的诗歌和书信,对他的文字产生了深远的影响。

歌德　名人名言

不支配爱,而是培育爱。

> 辩论迷 07

伽利略

"即便如此,地球也照样在转。"伽利略坚持真理,被誉为"近代科学之父"。

"亚里士多德有什么了不起!如果你们一直相信他说的话,科学就不会进步了!"

世界是由土、水、火和空气组成的?你确定吗?

辩论家

可是亚里士多德就是这样说的。

伽利略·伽利雷(意大利)
1564-02-15 ~ 1642-01-08

辩论迷 伽利略

亚里士多德是古希腊的著名哲学家。在当时，亚里士多德的学问被人们奉为真理，但伽利略却不以为然。他认为亚里士多德的理论仅限于想象，脱离了实际。于是，辩论家伽利略诞生了，"你敢不敢和我辩论？辩论到明天早上都行"。

==无论是老师，还是朋友，只要意见不合，伽利略都会和他们辩论个不停，所以才得了个"辩论家"的称号。==

伽利略喜欢辩论其实是受父亲的影响。伽利略的父亲是一位知名的音乐家，父子俩经常以音乐为话题进行讨论。==伽利略的父亲尤其喜欢对权威人士提出意见，继承了==

==这一点的伽利略,在老师们看来,是个相当麻烦的家伙。==

伽利略总会问老师:"老师您真的是这么想的吗?您有依据吗?"

实际上,亚里士多德曾说过许多类似"世界由土、水、火和空气组成"的话,现在看来,这些话确实不够严谨。

伽利略年纪轻轻便成了大学老师,他最先推翻的亚里士多德的理论便是"物体下落速度和重量成正比"。

重量不同的球在同一高度坠落的话,它们会同时落地。

铁球　　木球

辩论迷 伽利略

如果让木球和铁球同时从高处落下，哪个球会先落地呢？伽利略让学生们在比萨斜塔集合，他当着众人的面做了这个实验。两个球同时从 55 米高的斜塔上落下，结果是……两个球同时落在了地面上！学生们吵吵闹闹："难道是亚里士多德说错了吗？"伽利略说道："所以，我们要通过实验来检验理论是否正确。"

两个球同时落地！

地球是宇宙的中心！

亚里士多德是这么说的！

异类！

地心说

"日心说"遭到了众人的抨击

辩论迷　伽利略

伽利略　名人名言

即便如此，地球也照样在转。

亚里士多德提出了"地球是宇宙的中心，太阳、月亮等行星绕着地球转动"的"地心说"。"难道不是地球绕着太阳转动吗？"哥白尼提出了"日心说"，但是，基本没有人相信他的说法。如果有人说自己相信哥白尼，那他会被视为异类。

"让我们用科学的方式来看待这个问题吧！"伽利略每天都用望远镜观察天空，他深信"日心说"才是正确的。

于是，伽利略用他最擅长的"辩论"，写成了一部小说。这部小说名为《对话》，伽利略借由代表"地心说"学派、"日心说"学派和中立派的三个人的辩论来论证哥白尼的关于天文学的观点。这本书因为过于有趣，也变成了畅销书！

伽利略的这一行为彻底激怒了教会，他终究还是没有逃过宗教的审判，被判以终身监禁。但此时伽利略的理论已得到了广泛传播。

正是因为伽利略不惧权威、坚持不懈的精神，这才有了科学的进步。

小总结
找到喜欢做的事

每个人都有自己喜欢做的事。如果你感觉自己没有什么感兴趣的事，可能是还没有注意到，或者是还未激发出浓厚的兴趣。对于那些还没找到爱做的事的小读者们，我来给你们一些小提示吧！如果你能稍微改变下自己的思维方式和看待事物的眼光，你一定会很快遇见它的！

越了解就越喜欢！

你可以试着去调查一下自己喜欢的事的历史背景！当你了解得越多，便越能体会到其中的乐趣。

从书中寻找爱做的事吧！

你可以选读一本有趣的书，或许能从中发现些什么！

不要在意别人的话！

自己喜欢是最重要的。因为别人的一句话，你就放弃的话，那真是太可惜了！

试着发现事物的美好吧！

你可以试着发现事物的美好之处，说不定就会出乎意料地喜欢上这件事。

好开心！

观察名人和朋友们的爱好！

汽车模型好玩吗？

特别好玩！

尝试从名人和朋友们的爱好中找寻自己感兴趣的事吧！

不要认为自己做不到！

如果你总是想着"我做不到""我没有天赋"，那就太可惜了！

我肯定能做到！

尝试着去做一些有趣的事吧！

足球 ◉
舞蹈 △
遥控无人机 ○
游戏 ◎
恐龙 ○

宇宙 △
历史 ◉

无论是什么事情，你都先去尝试着做一下。如果发现不太适合，那你再停止也是可以的。

试着想想总是在做的事吧！

这么一说！

我总是在折纸呢！

迄今为止，有什么是能够让你忘记了时间，一直在做的事呢？

植物迷

08

牧野富太郎

牧野富太郎被称为"日本植物学之父"。他收集各种植物,发现并命名了超过 1600 种植物!

==从懂事起就被称为植物迷的牧野富太郎,一直致力于研究植物。==

牧野富太郎出生于一个酿酒商的家庭。他 4 岁丧父,6 岁丧母,由

这是什么?

蘑菇妖怪?

牧野富太郎(日本)
1862-04-24 ~ 1957-01-18

"这是蘑菇妖怪!"牧野富太郎在 8 岁的时候见到了一种像足球一样的白色球体植物,这是一种可以食用的蘑菇。自此,牧野富太郎深深地喜欢上了研究植物。

植物迷　牧野富太郎

奶奶抚养长大。牧野富太郎最喜欢的莫过于在山野间散步，观察各种植物。

12岁那年，刚上小学的牧野富太郎十分喜欢挂在教室里的4张植物图。这些植物图详细地展示出了植物的叶子、根和花的样子。

"这是银杏叶，那是水仙花。原来它们都有自己的名字啊！"牧野富太郎无论对着这些图看多少遍都不会觉得厌烦。为了能看到植物图，牧野富太郎甚至会早早地去上学。

牧野富太郎想要看到更多的植物图。于是，他开心地去找医生："请把《草药书》借给我！" 在那个时代，植物主题的书被称为《草药书》。牧野富太郎专注地读着自己

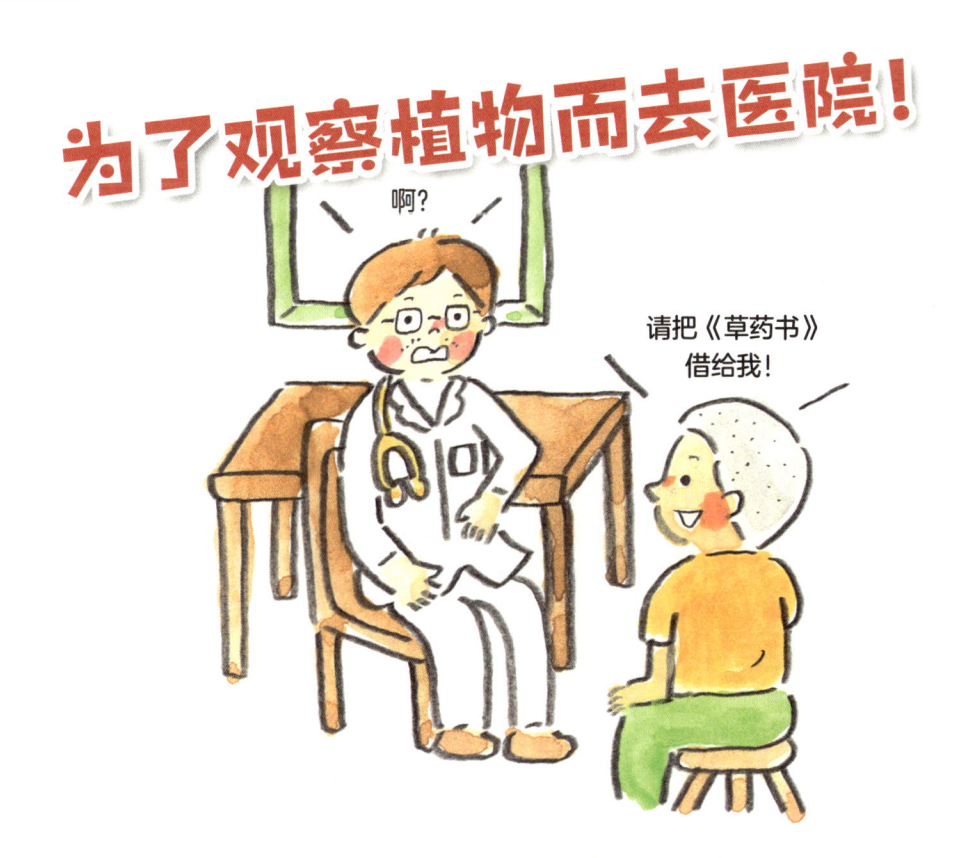

为了观察植物而去医院！

啊？

请把《草药书》借给我！

借来的书，记住了各种植物的名字。

"比起学校，我能从书中和山野中学到更多的知识！"牧野富太郎漫步山野，仔细地观察植物的细微之处，并将其画下来，画完后再仔细观察……他一直反复地做着这件喜欢的事。

想要画得更好的牧野富太郎，为了购买书和显微镜，计划离家远行。奶奶担心他的安全，于是让两名店里的员工作为随从，陪着他踏上旅程。

牧野富太郎想要采集路途中遇到的所有植物，便选择了走着去而没有坐火车。

这一路上，因为牧野富太郎想尽量多地收集植物标本，所以行李一直在增多。

"那是什么？""那就是根普通的木柴。"牧野富太郎不顾脸色铁青的随从，执意将木柴也带走了。"这种树枝可是十分少见的，我要带回家去细细观察。"

旅途结束后，他回到家中，宣布了一个重大的决定："我不打算继承酒厂，我要继续研究植物！"后来，牧野富太郎成了日本的植物分类学方面的专家。

我找到了罗汉柏的叶子！

怎么总是在绕路……

植物迷　牧野富太郎

牧野富太郎发现并命名了约 1600 种植物，绘制出了约 1700 幅植物图，被人们称为"日本植物学之父"。

牧野富太郎 名人名言

世界上不存在叫作"杂草"的植物！

我们这次走着去！

这……

你是在开玩笑吗？

为了观察植物，牧野富太郎走了450千米！

学习迷 09

玛丽·居里

玛丽·居里，也就是我们所熟悉的"居里夫人"，发现了新元素钋和镭，并且一直致力于研究放射性现象，推动了科学的进步。她是两次获得诺贝尔奖的女性科学家，也是一个学习迷！

玛丽的父亲是一名老师，他的教育理念是：玩就是学，学就是玩。小玛丽和兄弟姐妹们在家里喜欢给积木上色，然后用这些积木拼出欧洲大陆。

玛丽·居里（波兰·法国）
1867-11-07 ~ 1934-07-04

玩就是学，学就是玩！

阿尔卑斯山！

不要把这个弄倒哦！

不愧是老师！

42

学习迷　玛丽·居里

　　"这里是我们居住的波兰！""那这里就是阿尔卑斯山了。""啪"的一声，小玛丽的兄弟姐妹们叫了起来："啊！山倒了！"这时，父亲就会抱起他们，开始一场在积木上的欧洲大陆"旅行"。

　　长大后的玛丽成了十分热爱学习的人。**"水是由氢元素和氧元素组成的。莫非所有的事物都是由元素组成的？"她喜欢钻研各种科学问题。**

　　当她解开一个谜题后，会感到十分兴奋，然后开始挑战另一个谜题！

　　尽管当时的她并不喜欢学俄语，但还是很喜欢去学校学习别的知识。为此，玛丽的朋友在给她的书信中写下了这样的话："你真的很喜欢上学，你对学校的喜欢程度简直都可以用'爱'这个字来形容了。"

15岁时，玛丽从学校毕业，成为一名家庭教师。一天的工作结束后，她还会在家继续学习。

==“我今天要学的是物理和文学，累了的话就做一做数学题。”玛丽常常通过"做题"来放松自己。==

在当时的波兰，女性是无法上大学的。如果想要继续学习的话，玛丽就只能出国留学，但这又需要一大笔钱。

因为忘记吃饭，玛丽晕倒了！

我正看到有趣的地方呢！

你会感冒的……

学习迷　玛丽·居里

"有了！我要努力工作，先送姐姐去留学。等姐姐毕业后，就轮到我了！"

数年后，玛丽如愿进入了一所法国的大学，感到非常幸福。她住在破旧的公寓中，每天除了学习，还是学习。由于没有暖气，房间里非常冷，就连洗手池里的水都结成了冰。她穿上所有的厚衣服，坚持坐在书桌前学习。

玛丽是个只靠水和面包就能支撑3天的穷学生，==也可以说是因为她专心学习，连吃饭都忘记了。一次，她起身迎接朋友的到来，却突然晕倒了。==

虽然周围的人都很心疼玛丽，但玛丽却说："拜托，不要来打扰我！我现在正看到有趣的地方呢！"

就这样，玛丽坚持学习，走上了科学研究的道路。玛丽和丈夫皮埃尔经过了长时间的研究后，发现了两种新元素——钋和镭，并在癌症等疾病的治疗方面作出了突出的贡献。

玛丽的丈夫是法国物理学家皮埃尔·居里。皮埃尔与玛丽相遇后，两人一起研究放射性理论，发现了钋和镭两种元素。1903年，居里夫妇和贝克勒尔三人共同获得了诺贝尔物理学奖。

玛丽·居里　名人名言

人生最大的回报就是学习！

漫画迷 10

手冢治虫

手冢治虫创作出了《铁臂阿童木》《森林大帝》等诸多漫画作品,俘获了一众孩童的心,是著名的日本漫画家。

"蓬蓬仔来咯!戴眼镜的蓬蓬仔!"

小时候的手冢治虫头发乱蓬蓬的,戴着一副眼镜,所以常被同学称为"蓬蓬仔"。

蓬蓬仔!

手冢治虫(日本)
1928-11-03 ~ 1989-02-09

漫画迷　手冢治虫

手冢治虫从小就喜欢看漫画，家里摆放着各种漫画书。

在当时，漫画被人们视为一种"看了就会变傻"的书，想让孩子看漫画的大人少之又少。不过，父亲因为手冢治虫喜欢看漫画，便为他购买了大量的漫画书。光是能自由地看漫画就已经很幸运了，手冢治虫的母亲甚至会为他读漫画。对手冢治虫来说，听母亲读漫画的时光可谓是最幸福的时光了。当母亲读到坏人出场的时候，手冢治虫

手冢治虫能够记住漫画中的所有故事！

早晨醒来第一件事，就是画漫画！

晚上，手冢治虫要听母亲讲漫画！

默默捏一把汗！

十分期待。

会感到紧张不已；当母亲读到滑稽的文字时，手冢治虫会大笑不止。令人惊奇的是，手冢治虫几乎记下了漫画中的所有画面和情节。

因为手冢治虫喜欢画画，所以他就照着自己喜欢的漫画，开始了创作。对于手冢治虫来说，新的一天从他在枕边的纸上画上第一格漫画开始。

手冢治虫因为自己画的漫画深受班里同学喜爱，他也变得越来越受欢迎。

"你们可以来我家看《野良犬黑吉》和《团吉历险》。"手冢治虫热情地邀请同学们来自己家中做客。不仅如此，手冢治虫还绘制了人气漫画《团吉历险》中的团吉和

漫画迷　手冢治虫

他的好朋友老鼠，作为送给客人们的礼物。"哇！这是手冢同学画的吗？画得真是太好了！"

在读小学 4 年级的时候，手冢治虫画出了一本长篇漫画《小生难缠》。《小生难缠》中的故事十分温暖有趣，小生的朋友阿福出自当时的人气漫画。自己喜欢的角色和自己原创的角色出现在同一个故事中，这是多么有趣的事情啊！

手冢治虫会把自己画好的漫画带到学校，对同学说："读读看！"同学们也因此而开心地围在手冢治虫的身旁。

《小生难缠》是手冢治虫在小学 4 年级时画的漫画，也是他的第一部漫画作品。这本漫画讲述了孩子们温暖的日常故事，在朋友间被互相传阅。

一次，有个同学在上课的时候看《小生难缠》被老师发现了。"……是我画的。"手冢治虫冒着会被老师训斥一顿的风险，诚实地回答了老师的问题。老师把漫画带走了："这本书先交给我保管了。"

手冢治虫的漫画被老师拿走了……

漫画迷　手冢治虫

　　大家都以为手冢治虫会接受严厉的惩罚，但结果与大家想的完全相反！老师把手冢治虫叫到办公室，对手冢治虫说："你的画可真有趣！以后要画出更多这样的漫画来！"

　　手冢治虫高兴极了。之后，他依旧充满热情地画着一幅幅漫画。

　　手冢治虫还创造了一种新的漫画表现形式。过去的漫画往往是将同一角度的画绘制在四个格子中，而手冢治虫的漫画会通过不同的角度及不同的分格方式，来表现人物的动作及心理。以《铁臂阿童木》《森林大帝》为开端，手冢治虫持续创作出许多人气漫画。他这一生足足画了700多部漫画作品！

你以后要坚持画漫画呀！

好的！

手冢治虫　名人名言

哪怕只拥有一件可以向别人炫耀的东西，也是真正的幸福。

喜剧迷 11

卓别林

卓别林是带给人们欢乐和感动的"喜剧之王",是无比出色的喜剧演员!

卓别林早在孩童时期就喜欢通过喜剧表演来带给别人欢笑。

卓别林的母亲是一名职业歌手。卓别林5岁的时候,他的母亲在一次演出中,嗓子疼到难以发声。

母亲那沙哑的嗓音惹得观众嘘声一片。不知所措的导演无意中看到了幕布后面的卓别林,灵机一动,决定让卓别林临时上台演出。卓别林想要

查理·卓别林(英国)
1889-04-16~1977-12-25

喜剧迷 卓别林

帮助自己的母亲，于是，小小的他站在了舞台上。

卓别林唱着流行的快歌，管弦乐队为他伴奏着。他一边唱歌还一边跳舞，但动作却和往前行走没什么两样。卓别林的表演让大家笑个不停，坐在观众席上的观众们往舞台上扔了不少钱。见此，卓别林停止了表演："我先收钱，收完钱之后再继续唱！"观众席瞬间充满了笑声。

我先收钱，收完钱之后再继续唱歌！

迅速！

卓别林那滑稽的表情和动作，让全场爆笑不已！

导演见此情景也登上舞台，帮卓别林一起捡钱。卓别林紧跟着导演："你会把我的钱拿走吗？"卓别林的脸上写着满满的担心，于是又引发了观众们的爆笑。

　　卓别林的初次登台在观众们看来，无疑是"喜剧天才"降临了！

　　卓别林无法忘记这次的经历："**收获别人的笑容竟能让我感到如此的快乐！**"实际上，卓别林的母亲在离婚后，身体状况越来越糟，家里的生活条件每况愈下，卓别林也很难在家中听到欢笑声了。

　　8岁时，卓别林进入了一家旅行剧团。他总会思考这样一个问题："要怎样才能让

他知道能够令人发笑的秘诀！

那就再见咯！

哈哈

喜剧迷　卓别林

大家笑呢？"于是，他擅自在舞台上表演了滑稽搞笑的闹剧（喜剧的一种），得到了不错的效果。

12岁时，卓别林作为真正的演员正式踏上舞台。他出演了一部情景剧，饰演的角色是"报童萨米"，萨米就算是一言不发，也能引发观众的笑声。

剧中调查嫌疑人的刑警看到萨米后说："喂！你在那里做什么？真是个没礼貌的家伙！"报童得知面前的人是刑警后便扭头右转，还不忘说上一句："再见！"==卓别林虽然说的是剧本中的台词，但他的动作、表情和说话方式十分滑稽，引得观众哈哈大笑。==

剧评家们也对卓别林赞不绝口："这部情景剧的笑点全都是他制造出来的。"

人生中难免会有艰难困苦，卓别林希望观众在观看他的演出时忘却烦恼，露出笑容。怀着这种想法的卓别林，作为一名喜剧演员活跃在各个舞台上。卓别林对喜剧的热情，成了他表演时的源源动力。

卓别林　名人名言

我的痛苦可能成为别人大笑的理由，但我的欢笑绝不可以成为别人痛苦的起因。

自然迷 12

达·芬奇

达·芬奇绘制了《蒙娜丽莎》《最后的晚餐》等世界名画，还致力于数学、生物学、力学等方面的研究，被誉为"万能的天才"。

突然出现！

这是什么？

鲸……鲸鱼！

莱昂纳多·达·芬奇（意大利）
1452-04-15 ~ 1519-05-02

自然迷 达·芬奇

达·芬奇出生于意大利的芬奇镇,他没有接受过正式的教育,处于大人们放任不管的状态。不过,这种教育方式正适合达·芬奇。**达·芬奇喜欢观察大自然,并展开自由的想象。**一次,小小的达·芬奇手持写生簿,独自一人在野外散步。突然,他的面前出现了一处洞穴:"这里面会有什么呢?"洞穴中黑黑的,达·芬奇什么也看不见,而且这洞穴看起来有些毛骨悚然。"我该怎么办?"达·芬奇紧握着写生簿,有些害怕,**却还是想知道**这漆黑的洞穴里到底有些什么。

达·芬奇还是走进了洞穴,他定睛一看,发现洞穴墙壁上有会发光的白色物体。"这是鲸鱼啊!这是鲸鱼的化石!"达·芬奇仿佛看到了过去,鲸鱼在巨浪的拍打下失去了呼吸。经过漫长的岁月,它在土壤中变为了化石。"没想到如此强大的生物在自然灾难面前竟是如此的软弱无力!"

达·芬奇从洞穴出来后,在写生簿上画下了墙壁上数以万计的贝壳和巨大的鲸

鱼骨。"大自然才是我的老师！"达·芬奇认为，他在大自然中学到了许多有趣的知识。

达·芬奇天天观察自然，在写生簿上写写画画。一天，村里的一个农夫拿来一面盾牌，请达·芬奇的父亲在上面画些图案。达·芬奇的父亲决定让自己的儿子来设计这面盾牌。

自然迷　达·芬奇

达·芬奇认为："这面盾牌，一定要看起来很有威慑力。"所以，他抓来了蜥蜴、蛇、蝗虫和蝙蝠等动物。达·芬奇一边观察着这些动物，一边想象着一条厉害的龙的形象。他花了很长时间，才雕刻好这面盾牌。

盾牌上的龙瞪着圆溜溜的眼睛，牙齿和爪子都闪闪发光，它摆动着身子，动作敏捷地从火焰中穿梭而过。这条龙看起来格外真实！达·芬奇的父亲在吓了一跳的同时，也不得不承认儿子的才华。

这面盾牌卖出去了一个好价钱，父亲决定让达·芬奇拜有名的艺术家韦罗基奥为师。==韦罗基奥也惊讶于达·芬奇的才华。达·芬奇观察事物十分认真，他想要把事物的性质、结构都一一了解清楚。此外，爱做详细的记录也是达·芬奇养成的一个好习惯。==

后来，达·芬奇在诸多领域都作出了巨大的贡献，被称为"万能的天才"，这所有的一切都和他喜欢观察自然、探究自然的行为密不可分。

达·芬奇在绘画、雕刻、建筑、化学、数学、工学、文学、解剖学、地质学和天文学等多个领域都有突出的贡献。

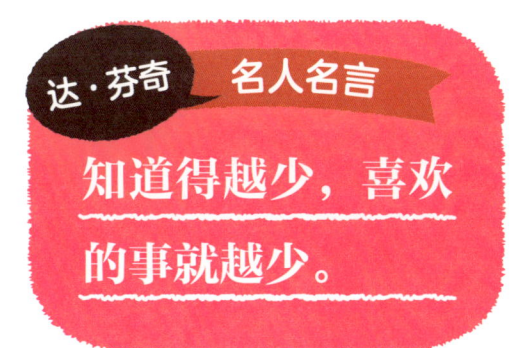

达·芬奇　名人名言

知道得越少，喜欢的事就越少。

> 故事迷 13

蒙哥马利

因创作了经典长篇小说《绿山墙的安妮》而出名的作家蒙哥马利，从小就喜欢创作故事！

蒙哥马利出生在一个有着美丽风景的意大利小岛——爱德华王子岛上。这里有白色的沙滩、碧蓝的海，还有绿色的山丘。==蒙哥马利拥有丰富的想象力，喜欢自言自语。==

我不知道魔法咒语。

露西·莫德·蒙哥马利（加拿大）
1874-11-30 ~ 1942-04-24

故事迷　蒙哥马利

"凯特，对不起，我还不知道魔法咒语。"听到蒙哥马利说话的声音，外婆便前来查看情况："有谁来了吗？"蒙哥马利指着映照在书柜玻璃窗前的自己，说：**"她是凯特，被关在了这里。如果我们能知道咒语的话，就能前往妖精国了。左边住着的是露西，她总会给我讲一些有趣的故事。凯特和露西的关系不太好，她们都只和我说话。"**

蒙哥马利已经对着玻璃窗聊了好几个小时了。外婆见状，忍不住叹息："她可真是个奇怪的孩子！"

在蒙哥马利2岁那年，她的母亲就去世了，父亲在很远的地方工作，蒙哥马利便

由她的祖父母抚养长大。由于蒙哥马利不喜欢和周围的孩子们玩耍，所以到了小学，她依旧没什么朋友。不过，在想象的世界中，蒙哥马利有许多好朋友！**蒙哥马利给庭院中的所有树木都起了名字，并和它们说话。**

7岁那年，有两个男孩子寄宿在了她的家里，分别是和她同岁的威尔，以及比她小一岁的戴夫。蒙哥马利告诉了他们有关森林的"秘密"："看到那边的松树林了吗？那片森林里是很奇怪的。我在那片森林里看到了移动的白色物体！"威尔和戴夫听后都十分

故事迷　蒙哥马利

《绿山墙的安妮》大受欢迎后，蒙哥马利又推出了同系列的《少女安妮》《女大学生安妮》等书。

蒙哥马利　名人名言

反正都是空想，不如尽情地想象吧！

原来是外婆啊……

害怕。**其实这一切都是蒙哥马利编出来的故事。**

有一天傍晚，三个人正在玩耍，突然看到了松树林的河堤上，有个白色的东西！瞬间，三个人被吓得动弹不得。

"你们看错了，那其实是白色的小牛！"可是，那东西松松散散的，没什么形状，怎么看都不像是小牛。突然，那白色的东西蠕动着从河堤上走了下来！仨人见状，狂奔回家，身体止不住地颤抖着。

后来，他们才知道，那其实是外婆披着白色围巾，在弯腰捡掉落在河堤上的毛线球。看来蒙哥马利把自己编造的故事当真了！

后来，蒙哥马利发挥自己的想象力，创造出了一个全世界的读者都喜欢的故事——《绿山墙的安妮》。

蘑菇迷 14

法布尔

撰写了《昆虫记》的法布尔在研究昆虫前，研究的是蘑菇！就算变成了老爷爷，法布尔依旧很喜欢研究蘑菇！

法布尔从孩童时期就开始痴迷的东西，其实是蘑菇，他曾经是一个"蘑菇迷"！

法布尔第一次采蘑菇是在他 7 岁的时候。他在一片森林里发现了蘑菇。法布尔便把蘑菇夹在手指间，不停地转动它，然后从上到下、从远到近地仔细观察。

这是什么？

让·亨利·卡齐米尔·法布尔（法国）
1823-12-21 ~ 1915-10-11

蘑菇迷　法布尔

　　彻底喜欢上观察蘑菇的法布尔，又将视线集中在了一个圆滚滚的棕色蘑菇上。法布尔用手指轻轻戳了戳那个蘑菇，蘑菇竟然冒出"烟"来。"这可真是一个有趣的蘑菇！"法布尔笑着说。

　　这种蘑菇由于一直冒烟，结果变得软乎乎。==法布尔捡了许多这种蘑菇，直到把自己的口袋装得满满的。这样一来，他就能在自己开心的时候去戳蘑菇，让蘑菇"冒烟"了！== 此后，法布尔多次去森林采摘他喜欢的蘑菇。

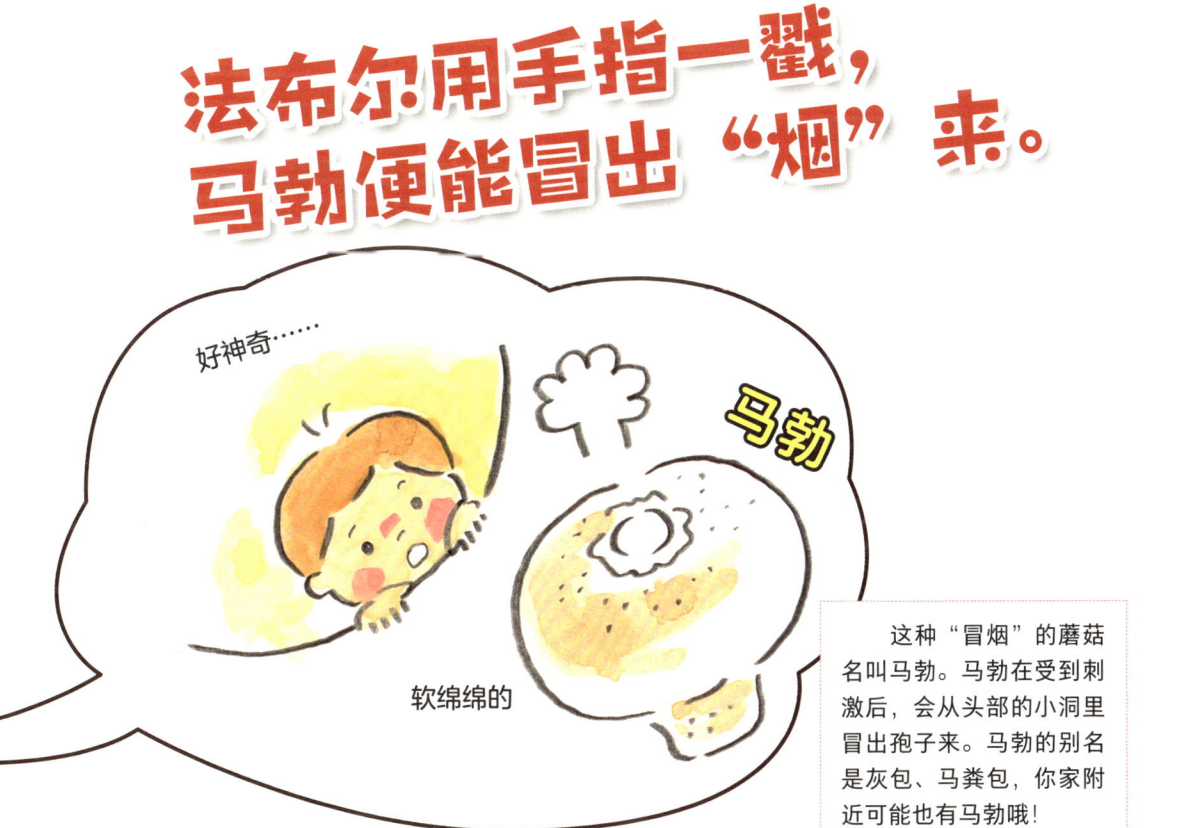

法布尔用手指一戳，马勃便能冒出"烟"来。

好神奇……

软绵绵的

马勃

> 这种"冒烟"的蘑菇名叫马勃。马勃在受到刺激后，会从头部的小洞里冒出孢子来。马勃的别名是灰包、马粪包，你家附近可能也有马勃哦！

法布尔发现，蘑菇可以分成三种类型：第一种是菌盖背面有着放射状褶皱的蘑菇；第二种是厚厚的菌盖上有许多小洞的蘑菇；第三种是菌盖上长着许多小刺的蘑菇。虽然这是法布尔自己总结出来的分类方法，但它和专家的方法是一样的。

这好像是隐翅虫的咬痕。

法布尔一看蘑菇上的咬痕，就知道是哪种虫子咬的。

蘑菇迷　法布尔

后来，法布尔开始研究昆虫，并完成了《昆虫记》一书。法布尔在书中不仅提到了屎壳郎、蜜蜂等昆虫，还写下了许多有趣的见闻。

难道他不喜欢蘑菇了吗？怎么会呢，蘑菇迷依旧是那个蘑菇迷！

法布尔通过蘑菇上的昆虫咬痕来区分昆虫的种类，这可是别人没想到的方法！

法布尔将蘑菇分成两类进行观察，分别是能咬着吃的蘑菇和需要炖成汤才能吃的蘑菇。通过蘑菇上的咬痕，法布尔可以辨别是哪种昆虫吃了蘑菇。法布尔会仔细地观察蘑菇是否有小洞、切口和凹陷。

不仅如此，**法布尔还对苍蝇的幼虫很感兴趣。**他发现如果在蘑菇上放上许多苍蝇的幼虫，蘑菇就会溶化成汁！而且那汁液看上去还挺好吃的！

"我也想做这样的蘑菇汤！"法布尔擅长将他的想法付诸实践。他先将可以食用的蘑菇切碎，倒入锅中，再尝试用各种方法进行熬煮。可无论如何，法布尔也熬煮不出

蘑菇迷 法布尔

> 我一直在勇敢地做自己喜欢的事！

法布尔 名人名言

所见即所知。

蘑菇溶化成的汁液。最后，法布尔得出了一个结论：苍蝇的幼虫或许可以分泌出一种特殊的消化液，这种消化液可以溶化蘑菇。

即使成了老爷爷，法布尔依旧是一个不折不扣的蘑菇迷，他留下了700多张蘑菇的手绘水彩画。

法布尔在他55岁的时候开始撰写《昆虫记》，且对蜣螂颇有研究。法布尔和孩子们达成协议——花钱购买马粪："如果你们能带来粪球，我会很开心的！"在当时，人们认为法布尔是一名"危险人物"。

在异样目光的注视下，法布尔继续观察昆虫，耗时30余年写成了"昆虫的史诗"，即《昆虫记》。==毫无疑问，法布尔坚持不懈地研究蘑菇和昆虫的动力源自他内心对大自然的热爱。==

抄书迷 15

南方熊楠

南方熊楠是推进黏菌研究的世界级博物学家。他通过抄书,学到了许多知识,被誉为"行走的辞典"。

南方熊楠家是开火锅店的。他家的火锅店门口常会放着包锅用的纸。

"看,这有超级好看的画!"一次,南方熊楠发现这些纸上绘制着《训蒙图汇》的植物图。于是,他疯狂地把他看见的图画和文字都抄在了纸上。南方熊楠认为,如果自己亲手抄一遍的话,那他就能记住这些知识了!南方熊楠也因此认识了许多字。

我想要抄完《和汉三才图会》!

你是认真的吗?

哈!

手舞足蹈

南方熊楠(日本)
1867-05-18 ~ 1941-12-29

抄书迷　南方熊楠

5年后……

你可真厉害！

接下来我要抄什么呢？

南方熊楠刚上小学的时候，有一次，他去好友家玩耍的时候发现了朋友家书柜上排列得整整齐齐的书。朋友们都在开心地玩着游戏，他却盯上了百科全书《和汉三才图会》。《和汉三才图会》共105卷，书中记录了许多有趣的信息。"我好想要这套书啊！"他这样想着，但书籍太过昂贵，当时也没有方便的复印机。不过，南方熊楠最擅长抄写了！于是他把书上的内容记在脑子里，回家后再写在纸上。他的记忆力可真强已经过去3个小时了……

① 南方熊楠会在书店读书并记住书的内容。

② 回到家后，他会专心地默写出记住的内容。

③ 他还会亲自去调查、确认书中的记载是否准确。

大啊！看到如此喜欢读书的南方熊楠，朋友的母亲说："既然你这么喜欢读书，那你就经常来我们家吧！""真的吗？真是太感谢您了！"**南方熊楠每日往返于自己家和朋友家。他用了5年的时间，终于抄写完了105卷的《和汉三才图会》。**

抄书迷 南方熊楠

黏菌，像变形虫一样蠕动，像蘑菇一样释放孢子来繁殖。它是既非动物，也非植物的一种生物。

他对抄写真是充满了热情！

南方熊楠 名人名言

世界上没有无用的东西。

当朋友家的书都被南方熊楠抄写得差不多了之后，南方熊楠又盯上了书店里的40卷《太平记》。同样，他在书店记住书中的内容，回家后再进行默写。这简直是近乎超能力的技能了。店主心想：虽然他一直只看不买，但毕竟是小孩子，我还是宽容一点吧！对南方熊楠来说，比起吃饭和睡觉，专心抄书更为重要。南方熊楠抄得越多，就越对这些知识感兴趣。

不仅如此，南方熊楠还走遍了森林和山峰，寻找他从图鉴中看到的植物。==南方熊楠走路的速度很快，无论多远的路程，他都能走完。==

就这样，南方熊楠一边抄书，一边去各地进行考察，推动了博物学的研究进程。即使是黏菌这种微小的生物，南方熊楠也能从中感受到世界的广阔和深邃。人们总是惊叹于他强大的知识体系和深度的思考能力。南方熊楠通过抄写使自己拥有了庞大的知识体系，也形成了宏大的世界观。

小总结
未来的名人们

你身边有被称为"某某迷"的朋友吗?

比如,"折纸迷"能够看懂复杂的折纸步骤图,折出好玩的折纸,甚至还能折出书上没有的折纸!

比如,"足球迷"总会在笔记本上写些什么,仔细一看,原来是足球阵型图。他的脑海中总是想着足球,在不知不觉间就开始思考踢足球的阵型了。

故事迷

折纸迷

足球迷

历史迷

深海鱼迷

石头迷

另外，还有喜欢收集石头的"石头迷"、喜欢研究深海鱼的"深海鱼迷"、喜欢了解历史的"历史迷"……

他们可能会成为"未来的名人"。一个人因为热爱而去努力，这可是非常了不起的！也许，你也是"他们"中的一员。

如果你认为这说的正是自己，那就把你感兴趣的东西也分享给其他人吧。和你拥有共同喜好的朋友也会变得越来越多哦！

大家都是未来的名人！

引擎迷

16

本田宗一郎

本田宗一郎成立了著名的本田公司。他曾是个一有车来到村里，便会一个劲儿追着跑的"引擎迷"。

本田宗一郎自幼便对引擎表现出了特殊的兴趣。他最喜欢的是一家米店里的"热球式引擎"。

本田宗一郎不但喜欢引擎发出的声音，还喜欢闻机油味。让很多人一闻到就捏住鼻子的机油味，对本田宗一郎来说，却是一种享受。所

本田宗一郎（日本）
1906-11-17 ~ 1991-08-05

引擎迷　本田宗一郎

以，本田宗一郎经常会要求爷爷带着他去看引擎。

本田宗一郎第一次看到机动车是在他 8 岁的时候。一天，一辆福特车来到了村子里。本田宗一郎看到车后，立刻飞奔了过去。引擎嘭嘭地响着，一个黑色箱子样的"怪物"向他们驶来。"太厉害了！太厉害了！引擎竟然能在路上跑！"本田宗一郎惊叹道。

本田宗一郎拼命地追着这辆车，然后"啊"的一声，扑到了车上。本田宗一郎对汽车引擎发出的声音喜欢极了！

他对汽车引擎发出的声音喜欢极了！

撞向行驶中的汽车可是件很危险的事情，你可不能模仿哦！因为当时汽车的行驶速度是很慢的，所以本田宗一郎是安全的。之后，他猛地从车上跳了下来，趴在满是油渍的地面上。**本田宗一郎猛吸一口气：":机油的味道真好闻！"接着，本田宗一郎的手和胸口就都变得黏糊糊的了。机油的味道令本田宗一郎陶醉其中，对他来说，引擎的声音和机油的味道充满了"梦想和浪漫"。**

11岁那年，本田宗一郎想去看飞机表演。

"我想去看！无论如何都要去看！"本田宗一郎的内心激动不已。举办飞机表演的地点定在离村子约20千米远的滨松。本田宗一郎觉得即使告诉父亲他也不会同意，于是打算独自前往。

于是，他悄悄地骑上父亲的自行车，向着滨松出发了！

我要去看飞机表演！

引擎迷　本田宗一郎

"哎呀，我的屁股坐不到车座上去！"大人的自行车对当时的本田宗一郎来说太大了。本田宗一郎只能坐在自行车的横梁上，不停地踩着脚踏板。虽然花费了半天时间，但本田宗一郎终于到达了目的地，他说道："太棒了，我终于能看到飞机表演了！"没多久，他就看到牌子上写着"看表演需要支付10枚钱（有四方形孔洞的钱币）"。然而，本田宗一郎身上只有2枚钱，这可远远不够。本田宗一郎脑袋嗡的一声，变得乱糟糟的。他自言自语道："该怎么办呢？"

"那里有棵树！"本田宗一郎努力地爬到了围墙外的松树上，当然，他得躲起来，不能被别人发现。

嗡—嗡—

飞机表演深深地打动了本田宗一郎。后来，本田宗一郎开发了一种名为"本田喷气机"的小型飞机。

飞机的引擎声好大啊！

"这是引擎发出的声音！这是机油的味道！"飞机表演开始了！飞机时而空翻，时而急速下降，时而在低空飞行。本田宗一郎的手心中冒出了汗，他认真地观看演出，不愿错过任何细节。

在回家的路上，本田宗一郎开始考虑要不要成为一名飞行员。只见本田宗一郎把

父子二人诉说着飞机的"浪漫"！

低空飞行！

急速下降！

空翻！

引擎迷　本田宗一郎

本田宗一郎将"小引擎产生大马力"的技术运用到机器脚踏车上，大受欢迎。后来他又将这种技术运用到汽车开发中，取得了不错的效果，从此他名扬全球。

机器脚踏车

本田宗一郎　名人名言

探索未知世界是人生最大的乐趣之一。

帽子的帽檐转到了脑袋后面，骑上自行车，开心地回到了家中……

"宗一郎，你跑去哪儿了？"

本田宗一郎被父亲训斥了一顿。当然，这也在本田宗一郎的意料之中，所以他早就做好了准备。不过，父亲听说他去看了飞机表演的事情后，眼睛竟发出光芒："你见到飞机了？感觉怎么样？"本田宗一郎手舞足蹈地向父亲描述飞机的模样。其实，父亲也想去看飞机表演。父子二人诉说着飞机的"浪漫"，变得兴奋了起来。

从学校毕业后，本田宗一郎开始在汽车修理厂工作。42岁时，本田宗一郎成立了"本田公司"。

"我想亲手制造出引擎来！"

本田宗一郎满怀热情，不断挑战，成功开发出了一种小型强力引擎。最终，本田宗一郎在摩托车、赛车和汽车领域，以"世界的本田"而声名远扬。

数学迷 17

帕斯卡

帕斯卡是一位著名的数学家、物理学家、哲学家。他提出"帕斯卡定理"的时候,才 16 岁!

帕斯卡在十几岁时就已经发表了论文,因而被人们称为"天才"。令人惊讶的是,其实帕斯卡并没有上过学,负责教他学业的是他的父亲。

在帕斯卡 8 岁的时候,帕斯卡的父亲果断辞掉了工作。他卖掉了家里所有的土地,决定倾尽所有,培养自家儿子成才。

布莱士·帕斯卡(法国)
1623-06-19 ~ 1662-08-19

数学迷　帕斯卡

帕斯卡的父亲认为，必须要让孩子明白学习的必要性，但不能让孩子学习超过他实际能力的知识。

父亲的教学过程循序渐进，反倒是帕斯卡想要快点学到更多的内容，尤其是在数学方面。帕斯卡的父亲是数学迷，经常会有许多数学家来拜访他。父亲常常会和朋友谈论数学，但只要帕斯卡在场，就会默而不谈。父亲总会对他说："你现在学这些还太早了。"

"你先学习拉丁语吧！等你学会后，我就教你学数学。"==学数学竟然被他的父亲当成了一项奖励！于是，帕斯卡父亲把家里所有的数学书都藏了起来。这就像是父母对你说"考试及格之后才可以玩"，并把玩具藏起来一样。==

"您就教我一点数学吧！"父亲抵挡不住帕斯卡的恳求，还是教了他一些。

"所谓几何学，就是画出正确的图形，找出图形之间的平衡。好了，今天就讲这么多吧！""这就结束了啊……"

如果你能学会拉丁语的话……

能否学数学看表现！

您就教教我吧！

数学迷　帕斯卡

帕斯卡的数学造诣很深，提出了"帕斯卡定理"。而在物理学方面，他也颇有成就，提出了"帕斯卡定律"。此外，压力的国际标准单位（Pa=Pascal）正是以他的姓氏命名的。

帕斯卡　名人名言

人是一棵会思考的芦苇。

不过，帕斯卡并没有因此而气馁。他把自己关进房间里，用笔在地板上尝试着画出圆形、三角形和四边形。"要怎样才能画出正确的图形呢？"帕斯卡沉浸在绘制图形的快乐中，无法自拔。当父亲来到帕斯卡的房间时，帕斯卡甚至没有注意到自己的父亲，他一直盯着地板上的图形。"你在做什么？""父亲，您来得正好。我发现三角形的角度之和等于四边形角度之和的一半！""啊！"

少年帕斯卡在还不知道"直角"概念的情况下，便证明出了"三角形的内角和等于180°"。帕斯卡的父亲最终还是妥协了："从今天开始，我来教你数学！"

16岁时，帕斯卡发表了论文《圆锥曲线论》，并提出了"帕斯卡定理"，它是射影几何中的一个重要定理。

这位数学天才，日后在科学、文学领域都作出了突出贡献。

昆虫迷 18

达尔文

达尔文是一位著名的生物学家，也是进化论的奠基人。他的代表作是《物种起源》。

达尔文出生在英国的一个富裕之家。达尔文的父亲是一名医生，他希望达尔文长大后也能成为一名优秀的医生。

我在梦里集全了英国所有的甲虫！

那得有多少只啊……

查尔斯·罗伯特·达尔文（英国）
1809-02-12～1882-04-19

甲虫的身体外部都有硬壳，前翅覆盖背部，后翅用于飞行。如天牛、金龟子、萤火虫等。

86

昆虫迷　达尔文

　　然而，少年时期的达尔文只爱昆虫。他以捕捉昆虫、观察昆虫为乐，尤其喜欢身体富有光泽的甲虫。

　　10 岁时，达尔文初次去海边，他对观海毫无兴趣，而是一直在收集各种海边的昆虫标本。达尔文的姐姐见此叹气道："好不容易才来到了海边……"

　　"你太过分了！"达尔文 16 岁那年，父亲因为他只收集昆虫标本，不顾学习，因此大发雷霆并要求他去医学校上学。

　　然而，达尔文最怕血了："不行，不行！我不适合当一名医生。"当父亲看到达尔文那逃离手术课堂的狼狈模样后，也不得不选择了放弃。

"如果你没办法当医生,那就当一名牧师吧!""好的!"达尔文认为,如果他能成为一名乡村牧师,自己就能过上捉昆虫的悠闲生活了。

"太棒了!我捉到了罕见的甲虫!"达尔文兴奋地在大学附近的森林里收集昆虫标本。他的双手由于拿着太多的甲虫,根本没办法再去抓新的甲虫。

达尔文心生一计,他将右手的甲虫扔进了自己的嘴里!然后,他用空出来的右手

昆虫迷　达尔文

进化论阐明了物种是可变的，生物是可以进化的，那些能适应环境的个体才会存活下来。

达尔文　名人名言

存活下来的这些物种，它们可能不是最强的，也不是最有智慧的，而是最能适应环境的。

继续去捉新的甲虫……只听"噗"的一声，达尔文嘴里的甲虫喷出了一股苦涩的液体。达尔文因此狂吐不止。而在这期间，他所捉到的三只甲虫也都逃走了。

"太遗憾了！我一定要捉到罕见的甲虫！"于是，达尔文收集了许多生长在树上的青苔和沼泽里的垃圾，并成功地从中找到了甲虫！后来，达尔文的名字出现在了学术期刊上。

达尔文将观察昆虫所得的经验用在了观察其他生物上。

"人类和猿猴的起源是一样的。"这种观点在当时难以被人接受，当时的人们认为人类是这个世界中特殊的存在。

后来，达尔文耗时多年，写成了《物种起源》一书。他在书中系统地阐述了进化学说。此书出版后，在社会上引起了强烈反响。

> **即兴演奏迷**
>
> **19**

贝多芬

贝多芬是一位伟大的作曲家,他创作出了《命运交响曲》《第九交响曲》《致爱丽丝》等世界名曲。他是维也纳古典乐派的代表人物之一。

贝多芬出生于一个贫寒的音乐之家。贝多芬的爷爷和父亲都是宫廷歌手。

你是第二个莫扎特吗?

我才4岁……

路德维希·凡·贝多芬(德国)
1770-12-16 ~ 1827-03-26

即兴演奏迷 贝多芬

贝多芬的父亲发现还没学会说话的贝多芬却会哼唱乐曲，便惊讶地说道："贝多芬莫不是第二个莫扎特？"那时，比贝多芬大 14 岁的莫扎特可是万众瞩目的天才钢琴家。

贝多芬喜欢一边创作，一边弹奏！

"不对！重来！"4岁时，贝多芬便开始上钢琴课。贝多芬虽然喜欢弹钢琴，但并不喜欢上钢琴课。"你要像莫扎特那样演奏！"贝多芬的父亲常常训斥贝多芬，因为贝多芬不喜欢照着乐谱演奏，他喜欢即兴演奏。

贝多芬会把脑海中想象的场景，现场创作成乐曲弹奏出来。**他常常会因为沉迷于弹琴而忘记了时间。**

请给我一个主题吧！

即兴演奏迷　贝多芬

贝多芬的风格早已自成一派。从 9 岁开始，内夫老师便开始教他音乐的基本知识。贝多芬在学会基本知识后，他的即兴演奏就更加出彩了！

16 岁的时候，贝多芬得到了在莫扎特面前演奏的机会。不过，对于莫扎特而言，

令莫扎特都震惊的即兴演奏！

好厉害！

只是又一个自称"天才少年"的人来到了他的面前。莫扎特多少有些厌烦了。贝多芬弹奏的乐曲很是美妙，但莫扎特却说："只要勤加练习，不管是谁都能弹成这样。"

"我最擅长的是即兴演奏，请您给我出一个主题。"面对贝多芬的坚持，莫扎特随

他是天才？

我可不如他！

即兴演奏迷　贝多芬

贝多芬　名人名言

越过苦难，走向欢乐。

手弹了几个音："就这样吧。"于是，贝多芬就根据这几个音，开始了即兴演奏。==莫扎特被贝多芬的即兴演奏震撼了："他很快就会成为大人物的！"==

22岁时，贝多芬定居在了"音乐之都"维也纳。作为音乐家，他名满天下，被誉为"了不起的即兴演奏大师"。于是，前来挑战贝多芬的人络绎不绝，却都悻悻而归。

"和我比试比试！"这次向贝多芬提出挑战的是著名的作曲家斯蒂芬伯特，他向大家展示了最擅长的颤音演奏法。

贝多芬不慌不忙地取过斯蒂芬伯特的乐谱，放在一旁。然后，贝多芬开始全神贯注地演奏，那副模样看起来就像一位魔法师。贝多芬毫无悬念地赢得了胜利。

贝多芬不但是一名演奏家，还是一名作曲家。他留下了诸多广为流传的佳作，比如《欢乐颂》《命运交响曲》等。

200多年前，即便是不太懂音乐的人们，也会在听到贝多芬的音乐后成为他的"粉丝"。贝多芬在他56岁那年逝世了，==当时足足有2万人参加了贝多芬的葬礼。==

发明迷 20

贝尔

贝尔是发明出电话的著名科学家，被誉为"电话之父"。此外，他一生致力于推动聋哑人的教育事业，帮助了无数的聋哑人。

孩童时期的贝尔最喜欢的是搞发明。

12岁那年的一天，贝尔和他的好朋友本在面粉厂里玩追逐游戏，本的父亲问他们："你们要不要玩帮助别人的游戏？"

我想发明出有用的东西来！

亚历山大·格雷厄姆·贝尔（苏格兰）
1847-03-03 ~ 1922-08-02

发明迷 贝尔

"怎样才能帮助别人呢？"贝尔和本发现工人们在为剥小麦壳而发愁。"我们可以试试这样做！"贝尔发现了角落里用于搅拌牛奶的旋转刮刀，想到了用刮刀上的刷子来剥小麦壳的方法。果然，工人们用这个方法轻松地剥下了小麦壳！"谢谢你帮我们制作出如此方便的工具。"工人们很开心，贝尔也很开心。

你们可以用里面的刷子剥除小麦壳。

这真是个大发明啊！

自此,"发明"成了贝尔和本之间的暗号。他们在面粉厂里建了一个工作间,每天都在那里玩发明游戏。他们将各种各样的工具组合在一起,思考这些工具的新的使用方法。

⊙ 从人偶后面吹一口气,空气从橡胶间穿过。
⊙ 橡胶板随之震动,发出声音。
⊙ 转动把手,人偶"开口说话",仿佛真的是人类在说话一样。

妈妈!
妈妈!

发明迷　贝尔

贝尔的父亲在发现贝尔的才能后，给他出了个更难的题："你尝试发明一个会说话的人偶吧！我会给你提供资金。"贝尔的父亲是一名聋哑人教师，他一直致力于研究发声原理。

贝尔特别想解决这道难题。他认为如果能解决的话，一定会帮助许多人！

终于，贝尔制作出了以树脂、马口铁和橡胶为材料的"会说话的人偶"。只见贝尔一边往人偶头部后面的管子吹气，一边活动嘴唇，人偶便能清晰地说出"妈妈"二字。"妈妈！妈妈！""贝尔家有小婴儿诞生了啊！"邻居们都在讨论这个声音。"幸亏你没有半途而废啊！"贝尔的父亲表扬了贝尔。

贝尔理解了声音的传导机制后，开始在父亲的学校里教授聋哑人说话。他一边向学生们展示不同的嘴形和舌头的位置，一边教授他们发音的方法。

"总有一天，我要发明出升级版的'会说话的人偶'。"正因为怀有这种信念，贝尔后来发明出了电话。

贝尔　名人名言

阳光只有汇聚到一点，才能燃起火焰。

玩偶迷 21

安徒生

安徒生写下了《海的女儿》《卖火柴的小女孩》等众多经典的童话故事，被誉为"世界儿童文学的太阳"。

孩童时期的安徒生是一个"玩偶迷"。他的父亲是一名手艺高超的鞋匠。安徒生是独生子，父亲怕他孤独，便亲手制作布玩偶送给安徒生玩。

神灯精灵啊，你终于来了！

太好玩了！

汉斯·克里斯琴·安徒生（丹麦）
1805-04-02 ~ 1875-08-04

玩偶迷　安徒生

"主人，您在叫我吗？""神灯精灵啊，给我一座气派的城堡吧！"

安徒生的父亲用自己制作的布玩偶来表演《阿拉丁神灯》的故事，安徒生看得津津有味。这小小的空间一会儿变成城堡，一会儿变成沙漠，各种角色轮番登场，真是太有趣了！

从 6 岁开始，安徒生最大的乐趣就是收集五颜六色的破布，给玩偶换上各式衣服。安徒生常常能想象出一些奇妙的故事。

你的手好巧啊！

安徒生家虽然不富裕，但父亲也会带他去看戏剧。果不其然，安徒生很快就喜欢上了戏剧！不过，因为家里没什么钱，他们并不能经常去看戏剧。

在那里，安徒生和一位张贴戏剧宣传单的大叔成了朋友，大叔经常会送给安徒生一些戏剧宣传单。安徒生会通过宣传单的内容，来想象这是一个怎样的故事。安徒生也借此锻炼了自己的叙事能力，这便是他创作故事的开端。

玩偶迷　安徒生

安徒生 10 岁的时候，父亲去世了。安徒生十分想念父亲，他开始用父亲留下的玩偶构思故事，再把故事讲给别人听。安徒生的故事给大家带来了很多快乐。

"我要成为有名的演员！"年仅 14 岁的安徒生决定带上自己不多的钱，前往哥本哈根（丹麦首都）。安徒生的母亲十分反对他的这个决定："不要说什么梦话了，还是去当个裁缝吧！你不是很擅长做衣服吗？""妈妈，拜托了，让我去实现自己的梦想吧！我绝对会成为一个有出息的人。"

安徒生的母亲最终还是妥协了："孩子爸曾说过，让儿子去做他真正想做的事情。"

安徒生的演员之路并不顺利，==身上带的钱没过多久就用光了。正当他觉得自己快要坚持不下去的时候，他突然想起了自己最喜欢的玩偶游戏。"对了，我可以写故事！"于是，安徒生创作出了许多有创意的故事。==

后来，安徒生创作了《国王的新衣》《丑小鸭》《海的女儿》《卖火柴的小女孩》等大家耳熟能详的童话故事，安徒生也成了深受人们喜爱的童话作家。

像《海的女儿》《卖火柴的小女孩》等故事常以悲剧结尾，这是安徒生童话的一个特色。

安徒生　名人名言

我的一生就是一篇美丽的童话。

图纸迷 22

莱特兄弟

莱特兄弟成功制造出了世界上首架载人飞机——"飞行者一号",实现了人类的飞天梦。

孩童时期的莱特兄弟——威尔伯和奥维尔就十分擅长手工制作,他们会认真地画出图纸,然后根据图纸来制作。莱特兄弟最开始制作的物品是一架雪橇。

在威尔伯 11 岁、奥维尔 7 岁的时候,他们非常想要一架雪橇。

雪橇要做得窄一些……

这形状真奇怪。

威尔伯·莱特(美国)
1867-04-16 ~ 1912-05-30

奥维尔·莱特(美国)
1871-08-19 ~ 1948-01-30

图纸迷　莱特兄弟

"妈妈，给我们买一架雪橇吧！"面对兄弟二人的请求，母亲却说："你们还不如自己做一架呢！"母亲的话提醒了莱特兄弟，**"是啊！速度快些的雪橇更好！"奥维尔说完便画起了图纸。**

"做个大点儿的雪橇！我也想和你们一起玩！"莱特兄弟的妹妹凯瑟琳说。

"那我们就把雪橇做得长一些，让它能坐下3个人。"莱特兄弟打算做一架长约

1.5 米的雪橇。母亲也提出了自己的建议："咱们的雪橇要比别的雪橇更窄、更矮一些。""为什么？""这样就能减少空气的阻力，加快雪橇的行驶速度了。"

威尔伯和奥维尔迅速找父亲借来了工具，并按照图纸切割木料，组装雪橇。制作雪橇的过程让莱特兄弟十分开心！

莱特兄弟和妹妹凯瑟琳拿着做好的雪橇来到了雪山。"哈哈，快来看这奇怪的雪橇！"朋友们在看到莱特兄弟的雪橇后，笑个不停。莱特兄弟做出来的雪橇又细又长，形状相当怪异。不过，这架雪橇的速度比别的雪橇都快，滑起来就像飞一样。众人欢

图纸迷 莱特兄弟

呼雀跃:"你们的雪橇好棒啊!到底是怎么做的?"莱特兄弟听后,自豪地说:"自己设计是最重要的!"

在那以后,威尔伯和奥维尔又制作出了板车、摇椅、高跷、风筝等玩具。

父亲旅游时买回来了一个直升机样子的玩具。莱特兄弟非常喜欢那个玩具,<mark>他们把它拆开,记下了每个部件的尺寸。</mark>

"只要我们能画出这个玩具的图纸，制作出和它一模一样的玩具简直是小事一桩！"莱特兄弟果真做了出来，并给它取名为"蝙蝠"。这个玩具十分受欢迎，于是莱特兄弟将这些玩具卖给了附近的孩子们。

图纸迷 莱特兄弟

莱特兄弟制造出了大型印刷机，不仅做起了印刷的生意，还创办了周刊《西城新闻》，并为《西城新闻》写报道。

莱特兄弟 名人名言

因为我们有为之着迷的东西，所以我们每天都期待着清晨的到来。

莱特兄弟的另一个大工程是制造印刷机。奥维尔14岁的时候，因为创办校报，而对印刷产生了兴趣，兄弟俩便在家里的杂物间里开了一家印刷店。他们接受订单，用小型印刷机一张一张地印刷。"这里就像印刷厂一样！我好想要一台更大的印刷机啊……"

但是，大型印刷机太贵了，他们买不起。"那我们就自己制造吧！"<mark>于是，莱特兄弟去印刷厂参观学习，将印刷机的尺寸记在笔记本上，回家后再绘制出图纸。</mark>

终于，莱特兄弟制造出了比在工厂的印刷机速度更快的机器。镇上的人都对此感到惊讶，甚至连专业的印刷厂都来参观莱特兄弟制造的印刷机。

后来，莱特兄弟研究机器的飞行原理，孜孜不倦地绘制图纸，制造出了飞机。飞机试飞成功那天，全世界都为之震惊。

装扮迷

23

英格丽·褒曼

英格丽·褒曼斩获过电影界的众多知名奖项，是荣获三次奥斯卡奖的世界级女演员。

儿时的英格丽是个超级喜欢玩装扮游戏的女孩儿。一次，她头戴父亲的大帽子，脚蹬父亲的大鞋子，戴上厚重的眼镜，简直就是一个活脱脱的小绅士。"爸爸，快给我照相！"父亲一边笑着，一边为英格丽拍下照片。

爸爸，快拍！

你可真像个小绅士！

英格丽·褒曼（瑞典）
1915-08-29 ~ 1982-08-29

装扮迷　英格丽·褒曼

英格丽的母亲在她3岁的时候就去世了。英格丽虽然常常感到难过，但一玩起装扮游戏，她的烦恼就都抛在脑后了。==即便英格丽不借助衣服，她也能成功地"变身"。倘若英格丽把窗帘披在身上，再束上腰，那她就是一位公主。倘若她披上毛毯，"啊呜"大叫，你会以为见到了饥肠辘辘的熊。她既可以变成电线杆，也可以变成花盆。只有你想不到的，没有英格丽"变"不成的。英格丽认为"变身"是最有趣的事情。==

……

啊呜！

汪汪！
哈！哈！

她真会模仿！

她的父亲看得目瞪口呆！

111

一次，英格丽在和父亲出门的时候，装扮成了一条小狗："我是一条小狗。汪！汪！"她的模仿引来了路人的围观。

　　起初，装扮游戏对于英格丽来说只是消遣时间的娱乐活动，后来却成就了她的事业。

　　在英格丽 11 岁的时候，父亲第一次带她去看戏剧。英格丽看到舞台上穿着国王和公主服饰的演员时，内心受到了极大的触动。"这是真的吗？他们所做的不就是我平时

装扮迷 英格丽·褒曼

英格丽·褒曼为了出演好莱坞电影《寒夜琴挑》，从瑞典来到了美国，这部影片也成了她的成名作。

害羞的小姑娘在舞台上"变"成了另外一个人！

英格丽·褒曼 名人名言

我在财富和名声中并未感到成功，对我而言，成功在于对一件事的天赋和热情。

在做的事情吗？这样做就能赚到钱？"英格丽尖叫着说，"爸爸，那是我未来想要做的事情！"

不过，英格丽是个容易害羞的小女孩，一听到别人叫她的名字，她的脸就会瞬间变红，她甚至不敢在上课时主动举手。"我要成为女演员！""你这么容易害羞，是成不了演员的。"英格丽在和周围的人说出自己的梦想之后，得到的只有嘲笑。英格丽相信一句话："越是害羞的人，越和别人与众不同。"神奇的是，每当英格丽站在舞台上，她平日的害羞就会消失殆尽，整个人也会变得信心满满。

最终，英格丽成为一名好莱坞演员，在全世界大放光彩，收获了诸多观众的赞誉。

制作迷 24

牛顿

牛顿是一名伟大的科学家，他发现了"万有引力定律"，并且在物理学、数学、哲学领域都取得了巨大成就。

孩童时期的牛顿喜欢制作各种物件。

12岁那年，牛顿迷上了风车。牛顿发现自己就读的学校附近有一座风车磨坊。"我们去风车磨坊玩吧！"牛顿和朋友们来到了风车磨坊，他发现磨坊的风车通过传动装置带动石磨运转，从而将小麦磨成粉。牛

我要把这个风车做出来！

艾萨克·牛顿（英国）
1642-12-25 ~ 1727-03-20

制作迷 牛顿

顿一边观察，一边记笔记："要想让风车叶片在风中转动，叶片的质地要柔软，有弧度……"忽然，牛顿很想自己制作出一架风车来！

牛顿开始收集木头等材料，准备制作风车模型。他虽然掌握了风车转动的原理，但总是把握不好平衡，风车也就无法流畅地转动起来，很快便损坏了。经过多次实验，

牛顿终于成功制作出了一架风车，并把它放在了家里的屋顶上。即便是微风，这架风车也能转动起来。

牛顿制作的风车可不只是一个迷你模型。==牛顿在风车中悬挂了一些饵食，并放入了一些老鼠和一种特殊的装置。老鼠要想吃到饵食，就需要不停地跑动，从而带动装置运转，使得风车叶片转动。"这是风和老鼠的混合动力型风车！"这架风车让镇上的人们大开眼界。==

牛顿喜欢制作各种物件，他的"房间"里堆满了材料和工具。牛顿的这个"房间"其实是克拉克叔叔家的阁楼。因为牛顿家离学校比较远，所以牛顿借住在克拉克叔叔

这里已经没有可以落脚的地方了……

制作迷　牛顿

家。于是，克拉克叔叔的家里便装满了牛顿的东西，<mark>尤其是各式各样的日晷。有一段时间，牛顿迷上了制作日晷。不仅是在自己的房间，只要是能够照射到阳光的地方，他都放置了日晷。</mark>

牛顿的日晷制作过程

① 如图，在木板上写下早上、中午、傍晚！

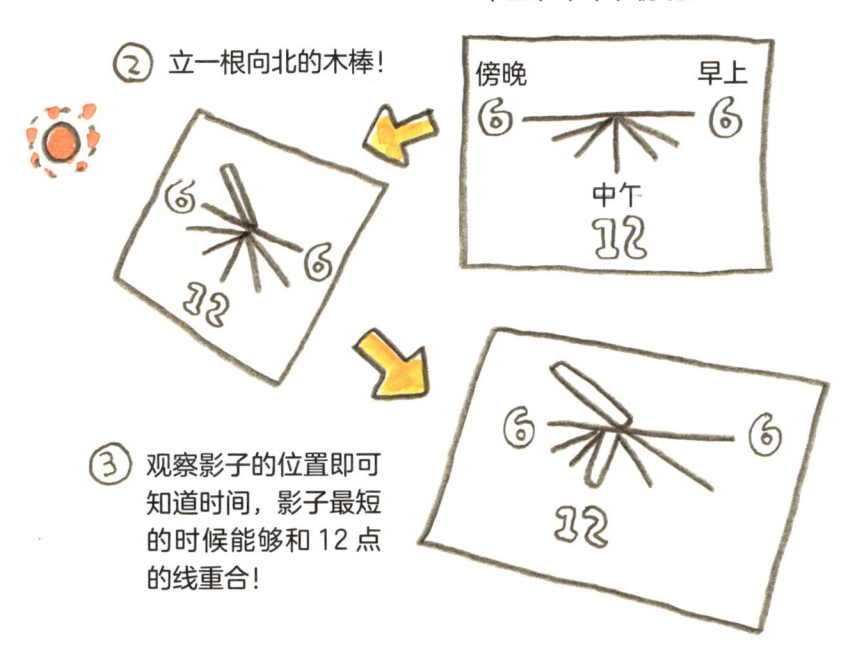

② 立一根向北的木棒！

③ 观察影子的位置即可知道时间，影子最短的时候能够和 12 点的线重合！

上图画的是春分到秋分用的日晷，木板的右边是早上 6 点，左边是傍晚 6 点。从秋分到春分的版本需左右颠倒，木板的右边是傍晚 6 点，左边是早上 6 点。

牛顿不只做了这一种样式的日晷，他还直接在墙上钉钉子，用钉子的影子标记相应的时间。这样一来，整面墙都可以看作是日晷了。牛顿还用镜子把阳光反射到天花板上，然后在天花板上做记号。

牛顿制作的日晷让人一眼就能知道时间。如果有人问："现在几点了？"牛顿看一眼影子的方向，就知道了。后来，邻居们都离不开牛顿的日晷了，牛顿的名声也传播开来。

牛顿沉迷于制作模型，连羊跑了都不知道！

羊跑了！

制作迷 牛顿

牛顿 名人名言

我之所以看得远，是因为我站在了巨人的肩膀上。

可是，由于家境贫困，家里没法继续供牛顿上学，牛顿只好从学校退学，去农场工作。

然而，牛顿满脑子只有"制作"这件事，以至于他在制作水车模型的时候，连羊跑了都不知道，甚至没注意到自己手里还牵了一匹马。农场因此遭受了不小的损失。于是，母亲再也不让牛顿去农场工作了。牛顿得以重回学校，继续学习。

牛顿善于思考，他总是会想："为什么风车一旦开始转动，就会转个不停？""天体为什么会不停地旋转呢？""为什么物体总是会往下掉落？"牛顿在成为大学生后，看到苹果从树上落下的情景后，发现了"万有引力定律"。后来，牛顿在自然科学领域里作出了奠基性的贡献，堪称"科学巨匠"。

捕猎迷

25 亚历山大·弗莱明

亚历山大·弗莱明发现了青霉素，挽救了无数人的生命，他也因此获得了诺贝尔奖。

弗莱明在他9个兄弟中排行第八。他们中年纪最小的三个兄弟经常在野外玩耍。大家最喜欢捉兔子。"就在那个角落里！"弗莱明一眼就看到了兔子。接着，他小心翼翼地接近兔子。"就是现在！"弗莱明迅速地抓住兔子的后腿，将兔子高高地举了起来，展示给其他兄弟看。

亚历山大·弗莱明（英国）
1881-08-06 ~ 1955-03-11

捕猎迷 亚历山大·弗莱明

捉兔子其实大有门道,就算你跑得快,也不一定能抓住它。兔子是一种十分机灵的动物,如果你不动脑筋,只是穷追不舍,那多半会空手而归。不过,所有的生物都有它独特的"习性"。

比如,兔子喜欢挖洞,并躲在洞里。不同种类的兔子也有着不同的习性。弗莱明喜欢通过观察来了解动物的习性,再亲手捉住它们。

所以,弗莱明想出了捉兔子的方法:他先装作若无其事地在野地上行走,然后慢慢地接近藏在草丛里的兔子;在从它旁边经过的瞬间,迅速地抓住它。只要他不和兔

弗莱明假装路过,再慢慢接近兔子……

弗莱明猛地冲上去,抓住了它!

我们要了解动物的习性!

子对视，兔子就不会逃走。

　　这个方法可谓是百试百灵！弗莱明也因此十分得意。他也用这种方法钓香鱼。香鱼一到春天就会来到河边，吃石头上的苔藓。弗莱明观察到，当外来生物来到香鱼喜欢的苔藓地时，香鱼就会攻击这些生物。因此，弗莱明就利用香鱼的这一特点，用诱饵来钓香鱼。此外，弗莱明还喜欢玩取鸻（héng）蛋的游戏。鸻鸟们在产下鸟蛋后，会一直在巢穴附近走来走去，保护着鸟蛋，甚至还会将自己伪装起来。弗莱明通过仔

捕猎迷 亚历山大·弗莱明

青霉素是由亚历山大·弗莱明发现的一种抗生素。第二次世界大战时，医生用青霉素治疗了大量受重伤的士兵，挽救了无数条生命。因为这份功绩，亚历山大·弗莱明荣获诺贝尔生理学或医学奖。

就算是霉菌，也有自己的特点！

亚历山大·弗莱明　名人名言

"偶然"是帮助我们做好准备的某种意识。

细观察，找到了巢穴的位置，取到了鸫蛋。就这样，弗莱明每天在外面玩到天黑才回家。

后来，成绩优异的弗莱明在别人的建议下，踏上了学医的道路，致力于研究细菌。

一次，培养细菌的培养皿中混入了霉菌，弗莱明发现霉菌周围的细菌竟被溶解掉了。一般的研究员遇到这种情况，会觉得自己犯这样低级的错误简直太丢人了，必须赶紧把它们处理掉。他却不会这样想，他对这种现象进行了进一步的研究，<mark>发现这种霉菌能抑制细菌生长。</mark>

从这种霉菌中提取出的霉素便是青霉素，它被称为"奇迹的药物"，挽救了许多人的生命。弗莱明通过捕猎活动锻炼了自己的观察力，而这种敏锐的观察力是科研工作者所必备的能力之一。

123

贝壳迷 26

爱德华·摩斯

爱德华·摩斯发现了"大森贝冢",推进了日本考古学的发展。他作为东京大学的教授,一直积极地活跃在考古学的舞台上。

摩斯出生于美国俄勒冈州的港口城市波特兰,这个城市的人们很喜欢把闪闪放光的贝壳装饰在家中。大多数小孩都会因为发现了特别大或颜色漂亮的贝壳而喜不自胜,摩斯却与众不同。他一直在收集那些

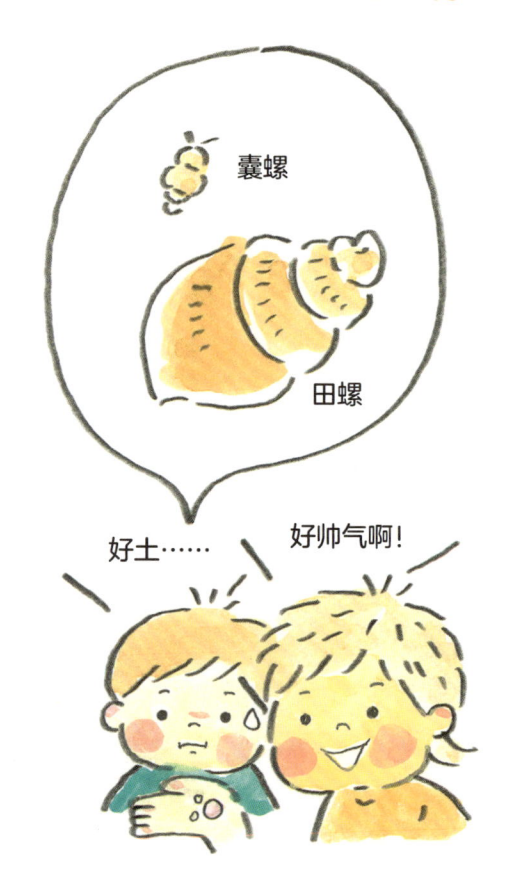

囊螺

田螺

好土…… 好帅气啊!

爱德华·摩斯(美国)
1838-06-18~1925-12-20

贝壳迷 爱德华·摩斯

又小又不起眼的贝壳。

在摩斯看来，无论是囊螺，还是田螺，都非常珍贵。摩斯被这些贝壳神秘的构造深深地吸引了。他萌生了将这些贝壳分门别类的想法。在摩斯 12 岁的时候，他扬言要"收集这个地方所有种类的贝壳"。

少年摩斯也因为过分痴迷于收集贝壳而换了三所学校。

在摩斯上的第三个学校里，他遇见了同样喜欢贝壳的约翰。16 岁那年，他和约翰

加油！

踏上了"寻贝之旅",这次旅行也成了他们一生中难忘的回忆。他们去山上和河边找寻各种贝壳。"啊,这是囊螺!""哈哈,那可真是太棒了!""你终于笑了!"摩斯轻轻地敲了敲约翰的脑袋。

贝壳迷　爱德华·摩斯

贝冢（贝壳等物堆积而成的遗迹）是很久以前的垃圾场，它的发掘成为了解当时人们生活的线索。摩斯发现的"大森贝冢"据说是绳纹时代后期的产物。

爱德华·摩斯　名人名言

世间万物都是向我们微笑着的美好之物。

　　囊螺游戏正式开始！两人用囊螺相互碰撞，玩得不亦乐乎。和志趣相投的小伙伴在一起，让摩斯感到十分开心。摩斯和约翰的关系一直都很好，他们成了一辈子的好朋友。

　　摩斯将全部的心思都放在了收集贝壳上。那时，摩斯收藏的贝壳数量堪比一家博物馆的数量，他还制作了大量的标本。有博物学家听说此事后，便专程去美国找摩斯，只为一睹摩斯的收藏品。摩斯所收藏的不知名的蜗牛，竟然还是一个新物种！于是，摩斯得到了在博物馆工作的机会。他也因为喜欢贝壳，走上了成为学者的道路。

　　就这样，摩斯一边研究着自己喜欢的贝壳，一边计划去日本旅行，因为他听说日本有很多腕足类（类似于贝壳）的生物。

　　"那是什么？"摩斯在从横滨驶向东京的火车的车窗外，看到了贝冢（一种贝壳堆积的遗址）。摩斯的发现促使人们对贝冢进行发掘，大大地推动了日本考古学的发展进程。

结构迷 **27**

瓦特

詹姆斯·瓦特改良了蒸汽机，使人类进入了蒸汽时代，他也因此被誉为"蒸汽大王"！

瓦特在孩童时期，是一个安静的孩子。他总是什么话也不说，只是用手托着腮默默地坐在那里，似乎在思考着什么。那时的瓦特总是想着要怎样拆"玩具"这件事。瓦特的"玩具"其实是父亲的工作仪器。瓦

我可以拆父亲的工作仪器吗？

詹姆斯·瓦特（英国）
1736-01-19~1819-08-25

结构迷　瓦特

特的父亲是一名船匠，他有航海用的指南针、六分仪（用于测量两个目标之间夹角的光学仪器）等许多精密的仪器。**瓦特最喜欢研究这些仪器的结构了！**

首先，瓦特会用工具来拆卸这些仪器，并将拆下的零件排列整齐。无论哪一个零件，在瓦特的眼里都美到令人称叹。然后，瓦特就要开始组装零件了。"这里可是重点啊……"瓦特会因此而十分兴奋。

将这些零件组装好之后，瓦特便会想象这件仪器动起来的样子。他一旦摸清了一件仪器的结构，头脑中就会出现类似"如果改变这里的角度，机器会怎样"的思考。摆在他眼前的仪器，也会因为他的想象而发生各种各样的变化。

我想知道这个仪器的结构！

哆哆嗦嗦　瑟瑟发抖

尽管瓦特在这方面极具才华，但是，在旁人看来，他就是个不爱说话的孩子。他因为身体不好，去不了学校，身边也没有一起玩耍的小伙伴。长期闭门不出的瓦特令家人十分担心。

在瓦特17岁时，有人问他："你想做什么工作？"瓦特的回答却是："我不想进工会……"

你可以在大学里开一家修理店！

结构迷　瓦特

在当时，英国有着严苛的"工会制度"，铁匠就是铁匠，肉贩就是肉贩，如果你不加入当地的工会，就无法参加工作。

这时，瓦特的"救星"出现了。这个人就是亚当·斯密，一位写下了《国富论》的经济学家。亚当·斯密对瓦特提议："你可以在我任职的大学里开店，这样你就和工会没有关系了。"

于是，瓦特来到了格拉斯哥大学，在这里开了一家修理科学实验器材的店。大学教授们每次来到他的店中，都会说："你修理过的器材，比以前好用太多了。"对于他来说，这可是一份令他非常开心的工作。瓦特通过拆卸起重机的模型、气体计量装置等各种各样厉害的"玩具"，了解了各种器械的结构。

亚当·斯密是英国著名的经济学家，著有《国富论》一书，他也是格拉斯哥大学的名誉校长。

实际的汽缸 → 迷你模型

因为，

体积 = 半径 × 半径 × 3.14 × 高度

所以，模型的体积就是汽缸实际体积的 $\frac{1}{8000}$。

又因为，

表面积 = 2 × 3.14 × 半径 ×（半径 + 高度）

所以，模型的表面积是汽缸实际表面积的 $\frac{1}{400}$。

这是我上小学的时候学到的知识！

根据上述的计算公式可知，实际汽缸的体积是 1 570 000 cm³，迷你模型的体积是 196.25 cm³，迷你模型的体积是汽缸实际的体积的 $\frac{1}{8000}$。另一方面，汽缸实际的表面积是 78 500 cm²，迷你模型的表面积是 196.25 cm²，迷你模型的表面积是汽缸实际表面积的 $\frac{1}{400}$。

结构迷　瓦特

安德森教授，事情是这样的……

原来是这样……

瓦特　名人名言

革命是不会消亡的。

当瓦特每天沉浸在喜欢的工作中时，安德森教授来到了他的身边："你来试试让这个模型动起来吧！"说着，安德森教授拿出了一台蒸汽机模型，这台蒸汽机模型是实际蒸汽机大小的二十分之一。

安德森教授想借助火烧水时产生的蒸汽的力量，带动机器运转，拉起重物，可这台机器完全无法运转。"它是不是坏掉了？"安德森教授心想。

瓦特的大脑飞速地运转着，他可以想象出将这台蒸汽机模型拆开后的内部结构。终于，他发现了蒸汽机无法运转的原因。

其实，机器的体积越小，需要的热量反而越多。瓦特一边画示意图，一边阐述着自己的理论，这让在一旁的安德森教授十分震惊。

对于瓦特而言，这次修理蒸汽机模型的经历，是一个契机。"原来不只是模型，真正的蒸汽机看起来也很糟糕！"瓦特开始思考改良蒸汽机的方法。后来，瓦特改良后的蒸汽机使人类进入了"蒸汽时代"，瓦特也成了备受瞩目的发明家。

小总结
有关书中名人的小问题

Q1
当瓦特在大学里做仪器修理师时，安德森教授为他带来了什么？
1. 迷你蒸汽机模型
2. 指南针
3. 迷你模型船

提示！ 读一读本书的第128~133页。

Q2
莱特兄弟在制作物件时会先做什么？
1. 凑齐道具
2. 甄选材料
3. 绘制图纸

提示！ 读一读本书的第104~109页。

Q3
南方熊楠最擅长什么？
1. 抄写
2. 出声朗读
3. 拜托父母朗读

提示！ 读一读本书的第70~73页。

答案
Q1② Q2③ Q3① Q4② Q5② Q6① Q7① Q8②

Q4

牛顿在看到风车后，亲手制作了风车模型。这架风车的特殊之处是什么？

1. 能把小麦磨成粉
2. 借老鼠之力转动风车
3. 变得闪闪发光

提示！ 读一读本书的第114~119页。

Q5

爱德华·摩斯在前往日本旅行时，在火车的车窗外发现了什么？

1. 膀胱螺科螺
2. 贝冢
3. 猛犸骨

提示！ 读一读本书的第124~127页。

Q6

毕加索绘制的第一幅油画作品是什么？

1. 《角斗士》
2. 《格尔尼卡》
3. 《爱与和平》

提示！ 读一读本书的第22~25页。

Q7

贝多芬在孩童时期，曾对钢琴课产生了抵触情绪，而令他沉迷的事情是什么？

1. 即兴演奏
2. 用脚弹琴
3. 书写乐谱

提示！ 读一读本书的第90~95页。

Q8

父亲曾拜托14岁的达·芬奇去设计盾牌。当父亲看到完成的盾牌后，感到惊讶的原因是什么？

1. 盾上有鲸鱼化石
2. 盾上画的巨龙太逼真了
3. 盾上画了一个非常可爱的天使

提示！ 读一读本书的第56~59页。

135

结束语

在我小的时候，没有什么喜欢做的事情，也曾感到艰辛和迷茫。

不过，这一切都在我 18 岁看到绘本的时候改变了。我接触绘本是因为我的好朋友喜欢读绘本。在读了好多绘本后，我开始尝试绘制绘本。在这期间，我变得开心了起来。然后，画着画着，我画的绘本竟然摞到了天花板那么高。画了 300 部作品的我，也成了绘本作家。后来，我又绘制了 250 本绘本，现在的我每天依旧画个不停。原来，做自己喜欢的事情，既能让人感到开心，也能让别人收获幸福。

在我看来，只要是做着让自己或他人感到高兴的事，即便不是能够改变世界的发明，他也会成为令人敬佩的人。我想通过这本书，为你加油打气。如果你能坚持自己的热爱，我会感到非常高兴的！

我画好的绘本堆起来都快有天花板那么高了!